THiLO

# 1000 Gefühle

Gefühlschaos beim Chatten

THiLO verbrachte den Großteil seiner Kindheit in der elterlichen Buchhandlung – die optimale Vorbereitung auf seine spätere Laufbahn als Autor. Nach dem Studium arbeitete er für Funk und Fernsehen und schrieb unter anderem Drehbücher für „Bibi Blocksberg" und „Sesamstraße". Für den Roman zum Film „Wickie und die starken Männer" gewann er den österreichischen Buchliebling 2010. Heute lebt er mit seiner Frau, seinen vier Kindern und einem feuerroten Kater in Mainz.

Mehr über THiLO gibt es unter
www.thilos-gute-seite.de

THiLO

# 1000 Gefühle

## Gefühlschaos beim Chatten

Mit Illustrationen von Carolin Liepins

Ravensburger Buchverlag

Als Ravensburger Taschenbuch
Band 52559
erschienen 2016

MIX
Aus verantwortungsvollen Quellen
FSC® C114500
FSC
www.fsc.org

1 2 3 4 5 E D C B A

Originalausgabe

Lektorat: Gabriele Dietz
Illustrationen: Carolin Liepins
Umschlaggestaltung: Maria Seidel, atelier-seidel.de
unter Verwendung von Motiven von © Hi-jang/Thinkstockphoto;
© Annykos/Thinkstockphoto; © nnnnae/Thinkstockphoto
sowie Illustrationen von Carolin Liepins



Printed in Germany
ISBN 978-3-473-52559-1
www.ravensburger.de

# Inhalt

# Welt ohne Tim

Montagmorgen, 7 Uhr 23. Marlene lag in ihrem Zimmer auf dem Bett und heulte wie ein Schlosshund. Ihre beste Freundin Anna saß neben ihr und versuchte, sie zu trösten. Aber das half heute nichts. Tim hatte Schluss gemacht! Gestern Abend, mit einer kurzen, dämlichen SMS!

```
Sorry, irgendwie
brauche ich eine
Pause. Vielleicht
wird später ja
mal wieder was
aus uns. Sei nicht
sauer, Tim
```

„Das geht gar nicht!", schimpfte Anna. „So was muss er dir schon ins Gesicht sagen! Aber dafür hat er eben nicht den Mut, diese Niete!"
Marlene sah kurz hoch. Ihr Lidschatten war über das ganze Kopfkissen verschmiert. „Red nicht so über ihn", schniefte sie. „Ich fand ihn schon im Kindergarten süß ..."
Anna lachte bitter. „Wenn ich mich richtig erinnere, hat Tim dir immer die Schaufel auf den Kopf gehauen. Echt süß!", ätzte sie.
Jetzt musste auch Marlene lachen. Wenigstens ein bisschen. „Aber nur, weil ich ihm das Eimerchen weggenommen habe."
Anna nahm sie in den Arm. „Und jetzt hat er dir das Herzchen weggenommen. Vielleicht bekommst du's ja heute in der Schule wieder."
Sie sah auf die Uhr. „Wir müssen, Leni. In der ersten Stunde schreiben wir Mathe. Wenn wir da zu spät kommen, hagelt es Sechsen."

Marlene wischte sich die Tränen von den Wangen. Sie seufzte tief. „Warum hat er nur Schluss gemacht?", fragte sie. „Es lief doch alles so gut."
Anna zuckte mit den Schultern. „Jungs!", spottete sie. „Wer versteht schon, wie die ticken!"
Marlene umarmte Anna dankbar. Sie war wirklich mit Abstand ihre beste Freundin. Wer sonst wäre an einem Montag-

morgen noch vor der Schule zum Trösten vorbeigekommen? Vor einer Klassenarbeit? So was tat bloß Anna. Und dafür liebte Marlene sie über alles.
„Komm, Schatzi!", drängelte Anna erneut. „Soll ich dir noch Pausenbrote machen?"
Marlene schüttelte den Kopf. „In meinem Bauch sitzt so ein dicker Kloß, da passt kein Essen rein."
Anna ging in den Flur. Marlenes Eltern mussten früh arbeiten und hatten schon um 6 Uhr das Haus verlassen. Marlene war viel alleine, aber deshalb auch schon sehr selbstständig. Sie kochte sogar mittags oft für sich und Anna. Keine Fertigpizza oder so was, sondern richtige Menüs! Leider mussten sie danach auch alles abspülen ...
Auf dem Weg nach draußen fiel Marlenes Blick dann doch in den großen Flurspiegel. Sie drehte und wendete sich, betrachtete sich von allen Seiten. Was sie sah, gefiel ihr überhaupt nicht. Ihre Wimperntusche war total verschmiert.
„Vielleicht bin ich zu hässlich für Tim", murmelte sie.
Anna drehte sich um, als hätte sie ein Pferd getreten. „Sag mal, spinnst du? So einen Mist darfst du nicht mal denken! Nachher glaubst du's wirklich!"
Marlene verzog das Gesicht. „Na ja, vielleicht sehe ich ganz passabel aus. Aber so hübsch wie Mandy bin ich nicht ..."
Mandy! Anna rollte mit den Augen. Mandy war die Klassen-Beauty – jedenfalls fanden das die Jungen. Mandy hatte lange blonde Haare, trug immer knackenge Jeans und

schminkte sich jeden Tag. Nicht nur ein bisschen, wie Marlene und Anna. Sondern total übertrieben. Richtig billig sah das aus, fanden die Mädchen. Die Jungen aber waren da ganz klar anderer Meinung. Wenn Mandy morgens in die Klasse tänzelte, wurde sogar der langweilige David rot vor Glück. So eine blöde Tussi! Einen Freund hatte sie zwar noch nie gehabt, aber das war nur eine Frage der Zeit.

„Zum Glück bist du nicht wie Mandy", antwortete Anna streng. „Denn dann wäre ich nicht deine Freundin!"
Sie mussten zur S-Bahn rennen. Im letzten Moment gelang es ihnen, in einen Wagen zu springen. Marlene nutzte die Minuten in der Bahn, um sich wieder halbwegs ansehnlich zu machen. Sie wollte wenigstens entfernt so aussehen wie ein normales dreizehnjähriges Mädchen. Und nicht wie eine aufgequollene Kartoffel. Sie wischte sich den verschmierten Lidschatten von den Wangen und zog mit dem Kajal den

Lidstrich nach. Vor allem aber musste sie jede Menge Tränen herunterschlucken. Als sie an der Schule ankamen, war ihr der Kummer kaum noch anzusehen. Hoffte Marlene jedenfalls.

Vor dem Klassenraum wurden die beiden Freundinnen von Kaya begrüßt, der schlimmsten Klatschtante der ganzen Stadt. Kaya strahlte bis über beide Ohren und ihre Augen blitzten – untrügliche Zeichen dafür, dass sich am Wochenende etwas besonders Pikantes zugetragen haben musste.

„Wisst ihr schon das Neuste?", wisperte sie. „Mandy hat endlich einen Freund. Ich habe sie selbst gestern beim Knutschen im Kino gesehen. Und jetzt haltet euch fest! Es ist …"

Mitten im Satz unterbrach sie sich. Ihr Gesicht lief rot an, was sehr ungewöhnlich war. Sonst schämte sich Kaya nämlich eigentlich für nichts. Marlene fühlte sich, als würde Kaya sie mit ihrem Blick durchbohren. Dann blinzelte Kaya, als wäre ihr ein ganzer Mückenschwarm in die Augen geflogen.

„Spuck's schon aus!", forderte Anna. „Wer ist der Unglückliche?"

Kaya wurde noch roter. Sie konnte jeder Ketchup-Flasche locker Konkurrenz machen. „Also, ich dachte erst, ich hätte ihn erkannt. Aber es war so dunkel im Kino. Außerdem war der Film spannend, da habe ich nicht so genau …"

Anna lachte. „Kaya, erzähl keinen Mist! Du hast dich doch vor dem Kino auf die Lauer gelegt, bis die zwei rauskamen. Ich kenne dich!"

Jetzt trat Kaya hektisch von einem Bein auf das andere, als hätte sie zum Frühstück zwei Liter Abführtee getrunken.
„Tut mir leid", stammelte sie leise. „Ich weiß es wirklich nicht." Dann sah sie Marlene noch einmal durchdringend an. „Tut mir ehrlich leid, Marlene, das musst du mir glauben."
Kaya drehte sich um und verschwand in der Klasse.
Marlene und Anna sahen sich ratlos an. „Was war das denn für ein merkwürdiger Auftritt?", wunderte sich Anna.
Marlene zuckte mit den Schultern. „Eigentlich ist es mir sowieso Wurst, mit wem Mandy zusammen ist. Solange es nicht …"
Ein Lachen schallte durch den Gang. Ein Lachen, das Marlene nur zu gut kannte. Seit dem Kindergarten, um genau zu sein. Es war Tim. Und im Gegensatz zu ihr schien es ihm ziemlich gut zu gehen. Vielleicht hatte sie seine SMS nur falsch verstanden? War doch noch alles in Butter? Oder hatte Tim sich einfach einen dummen Streich erlaubt? Was sich neckt, das liebt sich, sagte Oma schließlich immer.
Blitzschnell zauberte Marlene ein Lächeln auf ihr Gesicht und drehte sich um. Was sie sah, ließ sie bis in die Zehenspitzen erzittern. Ja, es war Tim, der da lachte. Aber er freute sich nicht, sie zu sehen.

Er nahm Marlene gar nicht wahr. Tim hatte seinen Arm um ein anderes Mädchen gelegt. Um Mandy! Jetzt flüsterte er ihr etwas ins Ohr.
Mandy gackerte los. Affektiert wie immer.

Tim schien das zu gefallen. Jedenfalls drückte er Mandy einen dicken Kuss auf die Wange.
„Ich glaub, ich muss kotzen …“, presste Marlene hervor.
Anna hatte von der schlimmsten Katastrophe der Menschheitsgeschichte noch nichts mitbekommen. „Marlene!“, schimpfte sie. „So ein hässliches Wort aus so einem schönen Mund!“
Dann drehte auch sie sich um. „Oh, mein Gott!“, platzte Anna heraus. „Ich glaub, ich muss auch!“
Jetzt bemerkten auch Mandy und Tim die beiden. Mandy sah hochmütig an Marlene vorbei, so als wüsste sie gar nicht, wer noch bis gestern mit Tim zusammen gewesen war. Tim wollte stehen bleiben. Offenbar war es ihm immerhin ein bisschen peinlich. Oder wenigstens unangenehm. Aber Mandy zog ihn weiter. Sie hatte ja auch keine andere Wahl. Sie mussten ins Klassenzimmer. Jetzt oder in den nächsten dreißig Sekunden. Und da würden sie dann alle drei sitzen: Mandy, Tim und Marlene. Für den Rest der Schulzeit aneinandergekettet.
„Entschuldige mich bei Doktor Magerfleisch, ja?“, stotterte Marlene, kalkweiß im Gesicht. „Sag, er soll mir 'ne Sechs eintragen. Dann bleibe ich wenigstens sitzen und muss mir diesen Anblick nicht mehr antun …“
Sie wollte tatsächlich abhauen. Nicht nach Hause, nicht nach Australien. Am besten gleich aus dem ganzen Sonnensystem. Vielleicht wurden ja gerade Freiwillige für eine Marsmission gesucht? Marlene hätte alles unterschrieben, nur um ein

paar Millionen Lichtjahre zwischen sich und diesen Scheißkerl zu bringen.
Doch da kam Doktor Magerfleisch auf sie zu.
„Na, fleißig gelernt, Marlene?", fragte er fröhlich.
Doktor Magerfleisch war ein netter Mensch – so weit das für Mathelehrer überhaupt möglich war. Heute aber konnte Marlene mit seiner Heiterkeit nichts anfangen. Am liebsten hätte sie sich an seine Schulter geworfen und geheult. Und mit Mathe wurde es heute sowieso nichts. 1 plus 1 war 4577, oder?

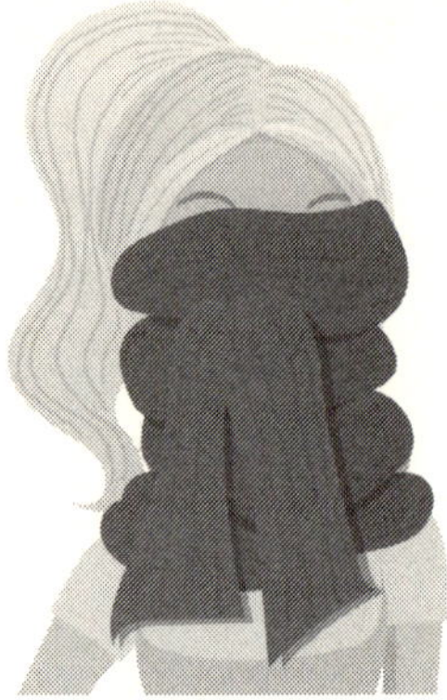

Doktor Magerfleisch wollte sie in die Klasse schieben, aber Marlene wehrte sich. Für kein Geld der Welt würde sie Mandy und Tim den ganzen Tag beim Rumturteln zusehen!
„Ihr ist schlecht", erklärte Anna.
Doktor Magerfleisch nickte. „Matheschlecht oder krankheitsschlecht?" Er beugte sich ein Stück herunter und blickte Marlene ins Gesicht. „Okay, ich sehe schon. Du gehörst ins Bett, mein Kind. Mathe schreibst du einfach nach, wenn du dich auskuriert hast."
Marlene nickte mechanisch. Es fühlte sich an, als würde ein Puppenspieler ihren Kopf an Fäden bewegen.
„Kann ich sie nach Hause bringen?", schlug Anna vor. „Ihre Eltern sind ja arbeiten und ich könnte …"

Doktor Magerfleisch lachte. „Und dass du die Mathearbeit verpasst, würdest du notgedrungen in Kauf nehmen, ja?" Er schüttelte den Kopf. „Dein Wissen würde ich gerne schon heute abfragen, Anna. Sterbenskrank ist Marlene ja hoffentlich nicht. Mit der S-Bahn wird sie sicher noch fahren können."
Marlene nickte wieder und warf Anna einen traurigen Blick zu. Dann schlurfte sie davon. Wie sie zum Bahnhof gekommen war, konnte sie später nicht sagen. Irgendwann stand sie am Gleis. Eine Bahn nach der anderen hielt und fuhr weiter. Marlene starrte auf den Boden. Der Kloß in ihrem Magen war noch größer geworden, nun saß er auch in ihrem Hals und schnürte ihr die Luft ab. Wie sollte sie nur weiterleben? Alles in dieser Stadt erinnerte sie doch an Tim! Die Eisdiele, wo sie sich immer getroffen hatten. Der Jeansladen, wo Tim ihr ein T-Shirt geschenkt hatte. Der Supermarkt, wo sie immer Chips gekauft hatten. Und selbst diese Bank an Gleis 3, wo er immer mit ihr gewartet hatte, bis ihre Bahn kam. Marlene seufzte. Das war verdammt süß von ihm gewesen. Der S-Bahnhof lag überhaupt nicht auf seinem Nachhauseweg. Marlene schluckte. Jetzt würde er Mandy zum Zug begleiten …
Sie seufzte tief. Dann kamen ihr wieder die Tränen.
„Wein doch nich!", dröhnte eine tiefe Stimme in ihr Ohr. „Du bist zu jung, um unglücklich zu sein!"
Marlene sah hoch. Neben ihr auf die Bank hatte sich Brü-

cken-Heinz gesetzt. Ein Obdachloser, um den sie immer einen großen Bogen machten.

„Ich bin alt", nuschelte Brücken-Heinz. „Aber du hast doch dein ganzes Leben noch vor dir. Alles ist möglich, wenn man jung ist. Wenn dir der Blick nach links nicht gefällt, dann guckste eben nach rechts!"

Marlene schniefte. Brücken-Heinz hatte Recht. Es gab schließlich nicht nur Tim auf der Welt. Auch als sie noch zusammen waren – also bis gestern Abend –, hatte Marlene schon mal anderen Jungs hinterhergesehen. Niemals hätte sie so eine oberfiese Aktion gebracht wie er. Jetzt aber, wo sie wieder solo war, fielen ihr die anderen wieder ein. Bei manchen hatte sie richtig weiche Knie bekommen, wenn sie in ihrer Nähe waren.

Marlene nickte. Für einen Neuen war sie zwar noch nicht bereit. Zu sehr hing ihr Herz an Tim und den Erinnerungen an ihre gemeinsame Zeit. Aber es wäre schon toll, wenn ein Junge einfach nett zu ihr sein könnte, ohne dass es gleich ernst würde. Ein paar Komplimente, ein paar nette Worte, das würde ihr jetzt richtig guttun.

„Ja", sagte Marlene und beinahe gelang es ihr zu lächeln. „Ja, dann muss ich wohl nach rechts sehen."

Sie kramte ihr letztes Geld hervor und steckte es Brücken-Heinz in die Tasche.

„Danke für Ihren Rat", sagte sie ehrlich. „Das hat mir mehr geholfen, als Sie glauben!"

Sie sprang in die S-Bahn. Als die losfuhr, winkte sie Brücken-Heinz lange nach. So wie sie es sonst mit Tim gemacht hatte.

Zu Hause angekommen, warf sich Marlene wieder aufs Bett. Sie heulte und heulte. Doch irgendwann wurde die Wut größer als die Trauer. Und das half! Je doofer sie Tim fand, je schlimmer die Schimpfworte waren, die sie ihm an den Kopf warf, desto leichter wurde ihr ums Herz.

„Du hast mich gar nicht verdient!“, brüllte sie und trat mehrmals gegen ihren Schrank, bis sie sich den kleinen Zeh prellte. Es tat schweineweh. Trotzdem musste Marlene lachen. „Au, au, au, Scheiße!“, fluchte sie und hüpfte auf einem Bein durch ihr Zimmer. „Dafür sollst du büßen!“

Sie griff nach ihrem Handy und blätterte ihre Fotos durch. Auf der Klassenfahrt hatte sie jede Menge Bilder gemacht, bis der Speicher voll war. Sogar welche von Mandy und Kaya. Und natürlich 100.000 von Tim. Die löschte sie jetzt gnadenlos. Ha, das tat richtig gut! Es war, als würde man ihr einen Felsbrocken von den Schultern nehmen. Jetzt war auch endlich wieder Platz für neue Lieder. Die Schnulzen, die Tim ihr geschickt hatte, löschte sie alle gleich mit.

„Ich fange ein ganz neues Leben an", rief Marlene, als wäre Tim bei ihr im Zimmer. „Ohne dich! Als Erstes kommen neue Lieblingslieder dran."
Sie warf den Computer ihrer Eltern an. Ein paar Euro hatte sie noch auf ihrem Account, das reichte bestimmt für zwanzig, dreißig neue Songs.
Den Rest des Vormittags verbrachte Marlene damit, nach neuer Musik zu forschen. Wenn sie etwas Cooles gefunden hatte, hörte sie sich auch die anderen Lieder von diesen Sängern und Bands an. Bald schon summte sie die besten Stücke mit. Gegen Mittag hatte sie Tim und Mandy zum ersten Mal kurz aus ihrem Hirn verdrängt und sang lauthals.
Aber der Schmerz kam natürlich wieder. Vielleicht wusste das Internet Rat, was man bei Liebeskummer am besten tat? Wie man dieses verdammte Reißen im Herzen loswurde. Die dunklen Gedanken aus dem Kopf bekam.
Marlene tippte LIEBESKUMMER in die Suchmaschine ein. Über 800.000.000 Treffer gab es. Scheinbar war sie nicht die Einzige auf der Welt mit diesem ätzenden Gefühl. Der Rat von Brücken-Heinz fiel ihr wieder ein. Dass sie sich einfach nach einem anderen Freund umsehen sollte, wenn der eine nicht der Richtige

war. Marlene seufzte tief. Eigentlich hatte sie von Jungs die Nase mehr als voll. Anderseits konnte ein bisschen Trost nicht schaden. Ihre Mitschüler kamen natürlich alle nicht infrage. Und die Typen aus ihrem Basketball-Verein hatten scheinbar nichts als Sport im Kopf. Marlene sah den Jungs öfter mal beim Training zu. Aber niemand schien sie zu beachten. Nur Yannick und Lando hatten ihr ab und zu mal zugezwinkert.
„Nein!“, murmelte Marlene. „Irgendwo muss es ein Nest geben, wo sich all die coolen Jungs verstecken.“
Marlene schämte sich ein bisschen, die Worte einzutippen, aber es sah sie ja niemand.

`Neue Liebe`

600.000 Treffer! Marlene klickte einige von ihnen an. Es waren hauptsächlich Berichte von irgendwelchen Promis, die mit irgendwem irgendwo gesehen worden waren. Nun brodelte die Gerüchteküche, ob die beiden nun zusammen waren … Gähn! Stinklangweilig!
Unten auf der Seite aber fand Marlene einen Eintrag, der besser klang. Neue Liebe, so hieß auch ein Chatroom für Teenies von dreizehn bis siebzehn. *Neue Liebe* wurde von ihrer Lieblingszeitschrift empfohlen, weil alle Daten genau geprüft wurden. Es bestand also keine Gefahr, dass man mit einem

alten Sack über Musik oder Kino chattete. Trotzdem … Sie konnte sich nicht vorstellen, jemandem ihr Herz auszuschütten, den sie noch nie gesehen hatte. Oder sich sogar verlieben? Das hatte sie doch gar nicht nötig. Marlene dachte an Tim und seufzte. Vielleicht hatte sie es doch nötig …

Marlene rief die Internetseite auf und las sich alles durch. Nachdem man sich angemeldet hatte, konnte man ein Profil von sich erstellen. Dabei durfte jeder selbst entscheiden, wie viel er von sich preisgeben wollte. Nur das Alter und das Geschlecht mussten stimmen. Beim Namen wurde sogar dringend empfohlen, nicht den eigenen zu nennen, sondern einen zu erfinden. Nach diesem Schritt konnte man auf der Neue-Liebe-Seite herumsurfen und Jugendliche aus dem ganzen Land anschreiben.

Dabei musste es nicht unbedingt um die große Liebe gehen, stand dort. Man konnte sich auch nur so zum Spaß mit Jungen und Mädchen über Schule, Familie oder sonstige Probleme austauschen.

Marlene musste lachen: Schule, Familie und sonstige Probleme! Die Betreiber der Seite hatten echt Humor. Und sie kannten sich offensichtlich damit aus, was Jugendliche in Marlenes Alter wollten.

Sie fasste sich ein Herz und schickte ihre Daten zur Überprüfung an Neue Liebe. Eine Viertelstunde später bekam Marlene die Freigabe und begann damit, ihr Profil zu erstellen.

Alter: *13*

Geschlecht: *weiblich*

Zustand: *Herz gebrochen*

Name: ...

Marlene dachte nach. Sie brauchte einen Namen, der sowohl cool klang als auch nach einem hübschen Mädchen.

Kätzchen? – O Gott, nein!

Mausi? – Zum Brechen!

Discoqueen? – Zu billig!

Puh, gar nicht so einfach! Marlene wünschte, Anna wäre da und könnte ihr helfen. Aber die hatte gerade erst Englisch hinter sich und musste nun in Sport ihre Runden drehen. Trotzdem schrieb sie ihr eine Nachricht.

Wenn ich einen Spitznamen bräuchte, der voll zu mir passt – wie würdest du mich da nennen?

Marlene wartete und wartete. Andauernd sah sie auf die Uhr und stellte sich vor, was Anna gerade machte: 100-Meter-Lauf, Weitsprung, Faustball. Dann umziehen. Dann vom Sportplatz zur Schule zurückgehen. Auf diesem Weg checkte sie eigentlich immer ihr Handy …

Da rasselte ihr Smartphone. Marlene atmete tief durch. Auf

Anna konnte man sich eben immer verlassen. So eine beste Freundin brauchte wirklich jedes Mädchen auf dem ganzen Erdball!

Passender Spitzname? - Sunflower!
Denn du strahlst wie die Sonne und bist so schön und zerbrechlich wie eine Blume.

Marlene musste einen Eimer voll Tränen runterschlucken. Anna fand sie also schön. Sie selbst hatte gerade eher das Gefühl, einer Mülltonne zu ähneln. War das die Zerbrechlichkeit, die Anna meinte? Ja, sie war schön und strahlend, aber nur, wenn alles in ihrem Leben bombastisch lief. Kam etwas dazwischen, zweifelte Marlene an sich selbst. An ihrem Aussehen, ihrer Klugheit und, was das Schlimmste war: an ihrer Berechtigung, geliebt zu werden und glücklich zu sein. So wie jetzt gerade.
„Jetzt gerade!", schimpfte Marlene mit sich selbst. Sie mixte sich einen kühlen Himbeer-Melonen-Smoothie, dann wandte sie sich wieder ihrem Profil zu.

Name: *Sunflower*
Hobbys: *Musik hören, Kino, Tanzen, Basketball, Chillen und Chips killen*

Marlene kicherte über das letzte Hobby. Einen Moment lang dachte sie daran, *Chips killen* wieder zu löschen. Vielleicht klang das zu sehr nach einem pickeligen, unsportlichen Klops mit Mordfantasien? Aber sie entschied sich doch, es stehen zu lassen. War mal was anderes. Und ein Junge mit demselben Humor musste sicher genauso darüber lachen wie sie – und meldete sich dann.

`Profil zu 99% fertig`, blinkte es auf.

Sie brauchte noch ein sicheres Passwort, um sich jederzeit wieder einloggen zu können. Marlene überlegte. Sie hatte schon unterschiedliche Passwörter für die Musikseite, für ihr E-Mail-Postfach, für zwei Online-Spiele und für drei Online-Kaufhäuser, bei denen sie bestellen wollte, sobald sie achtzehn war.

Dann sprang es ihr in den Kopf. Einfach so. Ihr Passwort bei Neue Liebe war: `Welt_ohne_Tim`

Marlene kritzelte die Wörter auf ihre Schreibtischunterlage. Dann klickte sie auf Abschicken und holte das einzige ausgedruckte Foto von Tim aus dem Nachttisch.

„So, Tim!" Sie grinste ihn böse an. „Jetzt bist du Geschichte! Vergessen! Aus meinem Leben gestrichen! Der Rest der Welt wird sich um mich reißen! Dann kommst du angekrochen, aber weißt du was? Dann will ich dich nicht mehr!"

Sie riss das Foto in der Mitte durch. Dann noch mal und noch mal und noch mal. Bis nur noch Konfetti von ihrer ersten großen Liebe übrig blieb. Und dann tat Marlene etwas, das sie sonst nie getan hätte. Eine saubere Umwelt war ihr wichtig, schließlich wollte sie in der Stadt nicht dauernd über leere Pappbecher, Pommesschachteln oder Plastikflaschen stolpern. Jetzt aber ging es nicht anders. Sie öffnete das Fenster und schleuderte eine Handvoll Tim weit von sich. Der leichte Sommerwind ergriff die Fetzen und wirbelte sie übers Nachbarhaus. Einer nach dem anderen wehte davon. Es war wie eine Befreiung. Nun war er endgültig gegangen – aber diesmal hatte sie ihn rausgeschmissen.

Als Marlene wieder an den Schreibtisch trat, stutzte sie. Sie hatte bereits drei Nachrichten bei Neue Liebe!

„Das ging aber schnell", murmelte sie und setzte sich. Die erste Nachricht war von Turbolover.

`Ey, Süße, Bock auf Knutschen? Wo?`

Marlene drückte sofort auf den roten Button. Klick! Jetzt konnte ihr dieser Idiot nie wieder schreiben.

Die zweite Nachricht war von Traktor-Fan.

`Hallo ich heise in echt Sascha und ich finde dich doll weil du dich Sunflower nennst. Die Sonnenblume ist eine wichtige Nutzpflanze und auch als Mastfutter für Säue und Rinder kann man sie einsetzen. Tanzen mag ich zwar nicht so, aber wenn` du etwas über Trecker und Landmaschinen wissen willst kannst du mich alles fragen.

Klick!
Aus der dritten Nachricht wurde Marlene nicht ganz schlau. Sie stammte von Mister Kiss:

Warum ist ein Mädchen wie du vormittags zu Hause? Schwänzt du?

Marlene wollte zuerst auch diese Nachricht wegklicken, doch irgendetwas in ihr verlangte, dass sie antwortete. Aber die Wahrheit würde sie nicht schreiben. Es machte sicher keinen guten Eindruck, wenn ein Mädchen gleich beim ersten Kontakt von ihrem Ex anfing.

Sunflower: *Woher weißt du, dass ich zu Hause bin?*
Mister Kiss: *Hast dein Profil eben erst eingerichtet. Das geht nicht mal schnell in der Pause.*
Sunflower: *Blitzmerker! Gut kombiniert!*
Mister Kiss: *Danke! Also, warum zu Hause?*
Sunflower: *Bisschen krank.*
Mister Kiss: *Tut mir leid. Schlimm?*
Sunflower: *Nö, morgen gehe ich wieder.*

Mister Kiss: *Magst du Schule?*

Sunflower: *Meistens. Unsere Lehrer sind ganz okay.*

Mister Kiss: *Und die Jungs?*

Sunflower: *Ätzend! Milchbubis oder kichernde Zahnspangen.*

Mister Kiss: *Hahaha! So sind die bei uns auch! Leider auch die Mädchen.*

Sunflower: *Und du?*

Mister Kiss: *Ich natürlich nicht - hey, ich bin Mister Kiss! Muss jetzt zum Sport, haben Basketball. Heute Abend wieder chatten?*

Alles in Marlene brüllte: Jaaaaaa! Mister Kiss schien – abgesehen von dem etwas zu eingebildet klingenden Namen – ein echt witziger Typ zu sein. Auf jeden Fall machte es Spaß, mit ihm zu chatten. Aber sollte sie sich wirklich gleich mit dem Erstbesten verabreden? Sie beendete das Gespräch mit

Sunflower: *Mal sehen.*

Mister Kiss antwortete nicht mehr. Marlene klickte die Neue-Liebe-Seite mehrmals wieder an. Aber es kam keine weitere Zeile zu ihrem Chat hinzu.

Schlecht gelaunt warf sich Marlene aufs Bett. Eineinhalb

Stunden lang blätterte sie lustlos in einer Zeitschrift, ohne auch nur einen Bericht richtig zu lesen. Dann war die Doppelstunde von Mister Kiss um, vermutete sie. Doch im Chat tat sich immer noch nichts.
Marlene ging in die Küche und kochte sich Spaghetti mit ihrer Marlene-Spezial-Soße: klein gehackte Möhren und Zwiebeln in etwas braunem Zucker karamellisieren, mit einer Tasse Gemüsebrühe einkochen lassen, eine Dose gehackte Tomaten dazu, Salz, Pfeffer, Oregano. Obendrauf Olivenöl und ein paar Blätter Basilikum. Normalerweise eine Bombe! Heute jedoch schmeckte alles irgendwie nach Spülwasser.
Vielleicht lag es daran, dass Marlene alle dreißig Sekunden in ihr Zimmer lief, um den Computer zu checken? Oder an Tim dachte, der ihr diesen Klumpen im Bauch beschert hatte?
Sie stellte den halb vollen Teller in die Spüle. Sie hasste es, Essen wegzuwerfen, dafür gab es zu viel Hunger auf der Welt. Aber wenn sie sich den Magen verrenkte, half das auch niemandem.
Um zehn vor drei klingelte es an der Tür. Marlenes Herz begann sofort zu wummern. Einen kurzen Augenblick lang glaubte sie ernsthaft, Mister Kiss hätte ihre Adresse herausgefunden und würde sie besuchen kommen.
Es war Anna. Zum Glück!
„Hi, Leni!“, begrüßte Anna sie. „Siehst ja ein bisschen besser aus. Wie geht's dir?“ Sie hauchte ihrer Freundin links und rechts einen Kuss auf die Wange.

„Na ja“, murmelte Marlene. „Ging schon mal besser. Sogar meine Spezialsoße ist mir misslungen.“

Anna pfiff durch die Zähne. „Das hört sich ernst an. Eigentlich solltest du froh sein: Mathe war echt die Hölle! Ich hab nur die Hälfte. Und Tim hat sogar ein leeres Blatt abgegeben. Der wusste gar nichts!“

Kurz durchzuckte Marlene ein Hauch von Schadenfreude. Dann aber schossen ihr böse Bilder durch den Kopf: Tim und Mandy, die nach dem Kino noch zum Lernen zu ihm gingen, vor lauter Verliebtheit aber nicht dazu kamen, ein Buch aufzuschlagen ... Das tat verdammt weh!

„Hmmm ...“, machte sie nur, ließ sich auf ihr Bett fallen und wickelte sich in ihre Decke ein. Obwohl draußen 35 Grad waren, fror sie plötzlich.

Da machte ihr Computer Pling! Und ehe Marlene protestieren konnte, hatte Anna schon die Nachricht gelesen. Die neue Nachricht von Mister Kiss.

Mister Kiss: *Hey, Sunflower, geht's dir wieder besser?*

Anna sah Marlene verwirrt an. Dann begriff sie. „Ach, dafür hast du den Spitznamen gebraucht! Für einen Liebes-Chat. Bist du wirklich so verzweifelt? Ich dachte immer, das machen nur irgendwelche Tussis, die in freier Natur nie einen abkriegen würden?!“

Marlene wollte eigentlich sauer sein. Aber sie musste lachen. In freier Natur! So sprach nur Anna.
„Mir war halt langweilig", rechtfertigte sie sich. „Außerdem tut es verdammt gut, wenn sich ein Junge für einen interessiert. Nach dem, was mir heute Morgen passiert ist."
Anna nickte. „Verstehe ich, entschuldige. Als mit Dennis Schluss war, habe ich mich sogar lange mit dem Prospekt-Austräger unterhalten – nur weil der ein Junge war. Der schmeißt mir heute noch Schokotäfelchen in den Briefkasten."
Sie lachten.
„Und?", fragte Anna. „Was soll ich Mister Kiss antworten?"
„Untersteh dich!", brüllte Marlene und schleuderte Anna ein Kissen an den Kopf. „Der ist in Ordnung."
Es machte noch einmal Pling!
„Hey", sagte Anna grinsend. „Der meint es ernst. Er hat ein Foto geschickt! Nicht schlecht, der Typ!"
In doppelter Lichtgeschwindigkeit saß Marlene bei ihrer Freundin auf dem Schoß. Mister Kiss war echt eine Hammerschnitte! Blond, grüne Augen, ein nettes Lachen. Er war modisch angezogen und wirkte nicht arrogant oder sonst wie merkwürdig.

Mister Kiss: *Ich weiß, es geht ein bisschen schnell. Aber ich finde, du solltest wissen, mit wem du es zu*

*tun hast. Schickst du mir auch ein Foto?*

„O Gott!", würgte Marlene hervor. „Was mache ich denn jetzt?"

Anna zuckte mit den Schultern. „Na, du schickst ihm ein Foto – wenn du weiterhin mit ihm chatten willst." Sie grinste. „Sonst nehm ich ihn."

Marlene boxte Anna auf die Schulter. „Wehe!"

Sie sah sich ihre Fotos auf dem Smartphone an. Keines gefiel ihr auch nur halbwegs. Auf den meisten sah sie total unförmig aus, mal zu fett, mal zu mager. Mal glänzte ihr Gesicht wie eine Speckschwarte, mal schielte sie oder hatte drei Doppelkinne. Mal hatte sie einen Kopf wie ein roter Luftballon kurz vorm Platzen, dann wieder wirkte ihr Gesicht, als trüge sie ein schlecht sitzendes Gebiss.

„Ich schreibe ihm einfach, ich hätte keine Fotos", grummelte Marlene. „Weil meine Eltern in einer Sekte sind, die das verbietet."

Anna nickte. „Ja, mach doch. Dann will er dich sicher heiraten."

Marlene bohrte ihr den Ellenbogen in die Rippen. „Blöde Kuh!"

Sie suchte weiter, sah alle Fotos von der Klassenfahrt durch. Die Selfies von ihr waren echt schrecklich. Warum war sie bloß nicht so fotogen wie Mandy?

Die sah auf jedem Bild aus wie gerade von einem Titelblatt gestiegen. Modisch, überlegen, cool und sehr hübsch.

Marlene kam ein Gedanke ... Mister Kiss kannte sie ja nicht. Wahrscheinlich wohnte er am anderen Ende des Landes. Weit, weit weg. Gemeinsame Bekannte gab es nicht. Sie würden sich niemals treffen. Warum also nicht ...?

Marlene suchte das tollste Foto von Mandy heraus, das sie hatte. Einen Moment lang zögerte sie noch.

Ehe Marlene weiß, was passiert, hat sie Mandys Foto an Mister Kiss geschickt. Hättest du das auch so gemacht? Dann lies weiter auf 39.

Marlene fragt Anna um Rat. Soll sie wirklich so tun, als ob sie Mandy wäre? Wenn du genauso gehandelt hättest, lies weiter auf Seite 49.

# Beachsurfer

Anna gab Marlene einen dicken Kuss auf die Wange, dann verabschiedete sie sich zum Judo. Das Kampfsportzentrum war nur ein paar Straßen weiter. Anna hatte dort einen Spind, in dem ihr Anzug hing. So musste sie nicht jedes Mal alles von zu Hause mitschleppen.

Marlene spürte den Kuss noch lange. Seltsam, dass Küsse so verschieden sein konnten. Von einer Freundin fühlte es sich an wie: Uns kann nichts und niemand trennen. Der Kuss eines Jungen aus ihrer Klasse hätte sie geekelt. Würde Tim sie jetzt küssen, würde sie ihm eine knallen. Oder in Tränen ausbrechen.

Und wenn sie einen neuen coolen Typen kennengelernt hätte, würde ihr Gesicht nach der Berührung seiner Lippen wohl glühen und sie müsste nach Luft schnappen. Dabei hätten ja alle genau das Gleiche getan …

Marlene las sich die Nachricht von Beachsurfer noch einmal in Ruhe durch.

Beachsurfer: *Hi, Sunflower! Liebst du den Sommer auch so wie ich? Ich träume schon seit Herbst von Meer, Strand, Sonne! Eiskalter Eistee und chatten – das wär's jetzt! Bereit?*

Sofort schweiften auch Marlenes Gedanken ab. Sie war nicht mehr länger in ihrem Zimmer. Sie lag am Strand auf ihrem großen Handtuch. Ferien, keine Schule mehr, keine Vokabeln, keine Mathearbeit. Anna lag neben ihr und kuschelte mit einem Kerl, den sie hier in Italien kennengelernt hatte. Sie selbst sah immer wieder zum Meer hinüber. Der Traumboy da auf dem Surfbrett, das war ihrer!

„Okay, Beachsurfer!", murmelte Marlene, als sie wieder vom Strand in ihr Zimmer zurückgekehrt war. „Mal sehen, ob du immer noch so viel von mir wissen willst, wenn du mich gesehen hast."
Nach kurzem Zögern entschied sie sich für das Unterlippen-Beiß-Foto. Soooo schlecht war das nun doch nicht. An Mandys Bild aber kam es um Längen nicht ran.

| | |
|---|---|
| Sunflower: | *Hi, Beachsurfer! Habe wirklich gerade auch von Ferien geträumt. Die Sonne ist ja schon da. Jetzt auch ich. Fehlt nur noch der Eistee.* |

Ihre Finger zitterten, als sie das Foto an Beachsurfer schickte. Sicher fand er es merkwürdig, dass Sunflower ihm gleich ihr Bild aufdrückte. So als wäre sie supereingebildet wegen ihres Aussehens. Dabei war doch eigentlich das genaue Gegenteil der Fall …

Beachsurfer meldete sich nicht mehr. Fünf Minuten vergingen, zehn Minuten, fünfzehn. Nichts.

„Hatte ich also recht", seufzte Marlene. In ihrem Bauch zog sich alles zusammen. Wieso hatte sie nur geglaubt, mit Mandy mithalten zu können? Tim hatte ihr doch eindeutig gezeigt, wer die Schönere, Witzigere und Tollere war! Warum musste sie sich das geben und nun auch noch von einem Wildfremden eine Abfuhr kassieren? Das tat höllisch weh!

Marlene war kurz davor, den Computer aus dem Fenster zu schmeißen. Da machte es *Pling!* – Nachricht bei Neue Liebe!

Beachsurfer: *Hey, Marlene, was machst du denn hier bei Neue Liebe? Du bist doch mit Tim zusammen. Oder darf die Männerwelt hoffen?*

Marlene verschlug es die Sprache. Jetzt hatte sie unter den 45.000 Mitgliedern des Chat-Rooms ausgerechnet den einen ausgewählt, der sie kannte! Vor Scham wäre sie am liebsten im Boden versunken. Andererseits hatte er was von Hoffen geschrieben. Sollte das heißen, da waren einige traurig gewesen, weil sie an Tim vergeben war? Fand sie jemand gut, von dem sie gar nichts wusste?

Sunflower: *Du darfst erst hoffen, wenn ich weiß, wer du bist!*

Beachsurfer: *Na, Beachsurfer eben!*

Sunflower: *Scherzkeks! Nein, in echt!*

Beachsurfer: *Gleiche Schule.*

Sunflower: *Meine Klasse?*

Beachsurfer: *Fettes Nein!*

Sunflower: *Parallelklasse?*

Beachsurfer: *Fettes Nein.*

Sunflower: *Achte Klasse?*

Beachsurfer: *Treffer.*

Sunflower: *8a?*

Beachsurfer: *Volltreffer! Jetzt noch den Namen und du gewinnst das rosa Sparschwein!*

Sunflower: *Das ist fies! Ihr seid doch 15 Jungen in der 8a! Andererseits: Ein rosa Sparschwein brauche ich sowieso nicht. Kevin? Urs? Daniel?*

Beachsurfer: *No. No. No.*

Sunflower: *Mahmut? Joe? David?*

Beachsurfer: *No. No. No.*

Marlene überlegte. Ging die ganze 8a durch. Im Gegensatz zu ihrer 7b hatten die echt coole Jungs in der Klasse. Der Tollste von allen war Jonas. Der hatte die besten Sprüche drauf, war witzig und zwinkerte ihr immer zu, wenn sie sich auf dem Gang begegneten. Aber auf Jonas waren alle scharf. Der konnte doch wohl nicht …

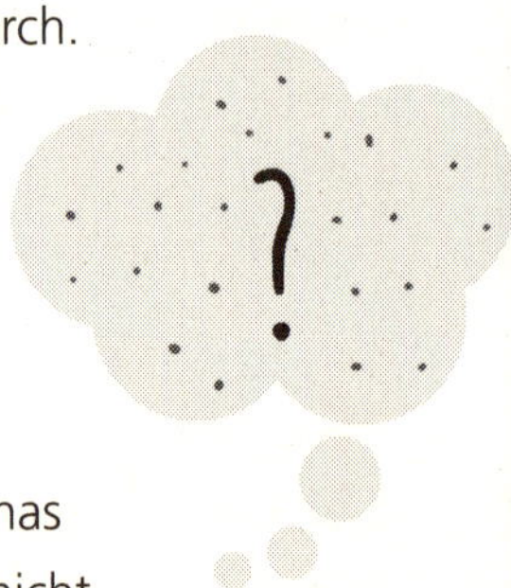

Sunflower: *Jonas?*

Beachsurfer: *Bingo! Was wird jetzt aus dem Sparschwein?*

Sunflower: *Jonas, echt?*

Beachsurfer: *Yep! Jetzt erzähl von Tim!*

Sunflower: *Kenne niemanden, der so heißt.*

Beachsurfer: *Oh, so schlimm?*

Sunflower: *Schlimmer!*

*Beachsurfer:* *Au backe! Lust auf Trost-Eistee?*

Sunflower: *Jetzt?*

Beachsurfer: *Warum nicht? 18 Uhr im Tick?*

Sunflower: *Tick ist super! Bis gleich.*

Beachsurfer: *Vergiss dein Geld. Ich lade dich ein!*

Sunflower: 

Marlene schüttelte ungläubig den Kopf. War das gerade wirklich passiert? Sie las sich die ganze Unterhaltung noch dreimal durch. Sie hatte tatsächlich mit Jonas aus der 8a gechattet! Und war richtig witzig gewesen. Und jetzt traf sie ihn? Marlene kniff sich fest in den Oberschenkel.

„Au, Mist!“, schimpfte sie mit sich selbst. „Blöde Kuh, das gibt ’nen blauen Fleck!“

Marlene sah auf die Uhr. Es war drei Minuten vor sechs. Zum

Tick brauchte sie mit dem Fahrrad acht Minuten. Aber sie hatten sich ja eben erst verabredet, da konnte sie Jonas ruhig ein bisschen warten lassen. Aber länger als zehn Minuten war so höflich wie ein Schlag ins Gesicht. Sie sah in den Spiegel. Sie trug noch immer das pinke Top und den Jeansrock vom letzten Foto. Peng die Wurst? Egal, sie hatte einfach keine Zeit mehr, sich groß umzuziehen.
„Mann!", fluchte Marlene. „Du hast einen ganzen Schrank voll nichts anzuziehen!"
Sie wollte schon aus dem Haus stürmen, da fiel ihr Mister Kiss wieder ein. Sie hatte doch eigentlich vorgehabt, ihm ihr Foto zu schicken, wenn der Test erfolgreich verlief. Und das war er ja wohl – sie hatte sogar ein Date!

Die fünf Sekunden nimmt sich Marlene noch. Sie schickt Mister Kiss das Foto. Ihr eigenes, nicht Mandys. Wenn du wissen willst, wie er reagiert, lies weiter auf Seite 70.

Das Bild kann sie Mister Kiss auch morgen noch schicken – wenn sie das dann überhaupt noch will. Wenn du Marlene zustimmst, lies weiter auf Seite 57.

# Uuups!

Marlene starrte auf das Foto von Mandy, das in das Postfach von Mister Kiss hineingezogen wurde – wie in einen riesigen Wirbel im Meer. Sie hämmerte auf der Tastatur des Computers herum, aber es war nichts mehr zu machen: Mandys Bild war bereits bei Mister Kiss gelandet. Mandy war Marlene, Marlene war Mandy – jedenfalls für Mister Kiss.

„Hast du das jetzt wirklich gemacht?“, fragte Anna und sah ihre Freundin ungläubig an.

Marlene spürte, wie ihr alle Farbe aus dem Gesicht wich. Ja, das hatte sie.

„Shit, shit, shit!“, fluchte Marlene und sprang auf. Wie ein paranoider Tiger im Käfig lief sie im Kreis. Linksrum. Rechtsrum. Erst als der Teppich beinahe schon abgewetzt war, blieb sie stehen.

„Okay, Marlene, ganz ruhig“, sagte sie zu sich selbst. „Du

hast ihm das Foto von Mandy geschickt. Sonst ist nichts passiert. Nichts!
„Ich fass es nicht!“, prustete Anna los. „Meine Freundin ist eine Heiratsschwindlerin!“
Marlene boxte ihr empört in die Rippen. Dann musste auch sie lachen. „Hihi! Wenn er jetzt antwortet: Sorry, bist nicht mein Typ, dann oute ich mich und heirate ihn sofort!“
„Oder du schreibst: Entschuldigung, das bin ich an Halloween, in meinem Gruselkostüm!“

Marlene wischte sich die Tränen von der Wange. Nicht das erste Mal heute. Jetzt allerdings waren es Lachtränen. Es tat gut. Es tat megagut, sich vorzustellen, dass Mister Kiss Mandy nicht leiden konnte.
Aber von wegen. Zwei Minuten nachdem sie das Mandy-Foto abgeschickt hatte, kam die Antwort.

Mister Kiss: *Wow! Was macht ein Mädchen wie du in so einem Chat? Ich dachte, hier gibt’s nur Primeln und keine Rosen …*

Marlene musste schlucken. Waren also Mädchen, die sich nicht so aufbrezelten wie Mandy, graue Mäuse? Je mehr sie darüber nachdachte, desto wütender wurde sie.
„Ich schreibe dem Arsch jetzt, er soll sich eine andere su-

chen!", schimpfte sie laut und trat gegen ihren Bettpfosten. Jetzt tat der andere Fuß höllisch weh.
Anna behielt die Nerven. „Nein, das machst du nicht!", bestimmte sie. „Er hat schon mit dir geflirtet, als er das Foto noch nicht kannte. Du gefällst ihm, nicht Mandy!"
Marlene holte tief Luft. „Okay. Was soll ich schreiben?"
Anna überlegte. Lange. Dann tippte sie ein:

Sunflower: *Hast du mich nicht schon ohne Foto als Rose erkannt? Du enttäuschst mich …*

Sofort kam die Antwort.

Mister Kiss: *Uh, sorry! So war das nicht gemeint! Eine Rose erkenne ich am Duft, nicht am Aussehen.*
Sunflower: *Gut dass ich heute Morgen geduscht habe.*
Mister Kiss: *Du bist also nicht sauer? Puh, Glück gehabt. Dachte, ich hätt's vermasselt.*
Sunflower: *War knapp! Wie war dein Basketball?*

Und dann flogen die Nachrichten nur so hin und her. Anna verabschiedete sich irgendwann.
Marlene aber hockte vorm Computer und tippte und tippte. Die Tasten klapperten, die Internetverbindung glühte. Zwischendurch flitzte Marlene nur einmal in die Küche und holte sich die restlichen Nudeln mit ihrer Spezial-Soße. Welch ein Glück, dass sie die nicht in den Müll gekippt hatte. Jetzt schmeckten sie hervorragend! Das schrieb sie Mister Kiss sofort.

Mister Kiss: *Sag bloß, du kannst kochen? Bin beeindruckt! Du bist ja echt der Hammer!*

Marlene wurde glatt ein bisschen rot, so gut tat ihr das Kompliment. Tim hatte sie nie so gelobt. Einmal hatte sie für ihn gekocht. Er hatte den Reis aus dem Wok in sich hineingeschaufelt und dabei ferngesehen. Als der Teller leer war, hatte er ihn auf den Boden gestellt, ohne auch nur anerkennend zu nicken. Nicht mal ein Mhm! hatte Marlene von ihm gehört. Wenn sie jetzt darüber nachdachte, konnte sie eigentlich fast froh sein, ihn los zu sein. Fast …
Als ihre Eltern nach Hause kamen, schrak Marlene hoch. War es wirklich schon Abend? Sie sah auf die Uhr und konnte nur den Kopf schütteln. Wo waren die Stunden geblieben?

Sunflower: *Warum fliegt die Zeit nie so, wenn Mathe ist? Oder ich beim Zahnarzt bin?*

Mister Kiss: *Weil du mich dann nicht mehr bräuchtest …*

Sunflower: *Scherzkeks!*

Mister Kiss: *Rose! ;-)*

Sunflower: *Die Rose muss jetzt leider Schluss machen.*

*Mister Kiss:* *Schade! Morgen, gleiche Zeit!*

*Sunflower:* *Unbedingt!*

Beim Abendessen aß Marlene für drei. Sie redete und redete, sodass ihr kleiner Bruder kaum zu Wort kam. Über Anna, über Basketball und über die Schule. Tim erwähnte sie mit keinem Wort. Und als ahnten ihre Eltern etwas, stellten sie auch keine Fragen.

Völlig aufgedreht ging Marlene ins Bett, aber sie konnte nicht schlafen. Noch nie im Leben hatte sie mit einem Jungen so witzige Gespräche geführt – wenn man den Chat ein Gespräch nennen durfte. Mister Kiss war nett, charmant, klug, aufmerksam, und er fand die gleichen Sachen witzig wie sie. Eigentlich war die ganze Sache viel zu perfekt, um wahr zu sein. Und außerdem ... Marlene seufzte schwer. Außerdem wohnte er bestimmt 800 Kilometer entfernt. Oder sogar im Ausland und wollte nur seine Muttersprache nicht verlernen? Marlene boxte ein paar Mal gegen die Wand.

„Shit, shit, shit!"

Am Dienstag ging Marlene wieder in die Schule. Der Anblick von Mandy und Tim versetzte ihr einen Stich ins Herz. Oder einen Schlag in den Magen, das passte besser. Tim grüßte sie gar nicht mehr. Mandy und er taten so verliebt, dass einem schlecht wurde. Auch wenn man nicht mit diesem Arsch zusammen gewesen war. Immer, wenn es besonders schlimm war, drückte Marlene ihr Handy ganz fest. Darauf hatte sie das Bild von Mister Kiss gespeichert. Nicht als Hintergrund, sondern versteckt zwischen all den anderen Fotos. Mister Kiss würde ihr Geheimnis bleiben, den nahm Mandy ihr nicht weg!

Nachmittags chattete sie wieder mit ihm. Bis abends.

Mittwoch lief es auf dem Pausenhof schon besser. Tim klammerte sich an Mandy wie ein Äffchen. Wo sie hinging, folgte er ihr. Marlene verdrehte die Augen. Aber weh tat es doch.

„Peinlich, der Typ!“, kommentierte Anna so laut, dass es alle um sie herum hören konnten. „Geht der auch mit ihr aufs Klo?“

Marlene lachte. Alle lachten. Bis auf Kaya. Marlene war sich sicher, sie würde Mandy jedes Wort berichten.

„Tim ist echt ein Idiot!“, sagte eine Stimme hinter ihnen. „Wie kann man eine wie Marlene gegen diese Tussi eintauschen ...?“

Marlene fuhr herum. Ein paar Meter entfernt standen ein paar Jungs aus der Achten. Zwei von ihnen nickten, zwei sahen zu Boden, der Fünfte schüttelte ungläubig den Kopf. Er musste das mit dem Idiot gesagt haben.

Marlene stieß Anna an. „Hast du das auch gehört?“, zischte sie verwundert. „Das war Diego, oder? “

Anna wurde glatt ein bisschen neidisch. Diego war groß, sportlich und hatte ein hübsches, ernstes Gesicht. Seine Haut hatte die Farbe von Milchkaffee, seine Eltern kamen aus Brasilien. Und das Wichtigste: Offenbar war Diego großer Marlene-Fan.

„Diego kann nicht nur Fußball spielen“, flüsterte Anna ihrer Freundin ins Ohr. „Sondern auch sonst alles. Er ist Klassenbester.“

Marlene sah ihre Freundin erstaunt an. „Woher weißt du das alles?“

Anna grinste. „Ich habe ihm mal ein bisschen hinterherspioniert. Bei dem Aussehen ... “ Anna grinste vielsagend.

Marlene sah noch einmal zu Diego hinüber. Er schien sie also gut zu finden. Warum hatte sie seine Blicke noch nie bemerkt? Als Diego sie nun ansah, drehte sie sich schnell weg und holte ihr Handy aus der Tasche. Mister Kiss. Das reichte! Den halben Nachmittag chattete sie wieder mit ihm. Sie verstanden sich blendend.

Als Marlene am Donnerstag den Klassenraum betrat, sah Mandy sie hochmütig an und machte nur „Tssä!"

Kaya hatte ihr also offensichtlich von Annas Kommentar über Tim berichtet. Marlene wurde rot und setzte sich. Vom Unterricht an diesem Vormittag bekam sie kaum etwas mit.

Vom Nachmittag umso mehr. Aus lauter Frust verriet sie Mister Kiss sogar, in welche Schule sie ging. Das sollte man eigentlich nicht tun, war die Empfehlung von Neue Liebe, am besten sollte man völlig anonym bleiben. Zur Sicherheit. Aber Sunflower hatte das Gefühl, Mister Kiss schon so gut zu kennen, dass sie alle Vorsicht vergaß.

Freitag war der Tag, den man noch überstehen musste, bevor das Wochenende endlich da war. `Thank god it's friday!`, schrieb Marlene beim Frühstück ihren Freundinnen. Es hagelte Herzchen, Küsse, erhobene Daumen und Kommentare. Weil sie sich vor lauter Lesen vertrödelt hatten, mussten Anna und Marlene wieder zur S-Bahn rennen.

Vor der Schule lief Marlene dann prompt in einen Jungen, den sie noch nie gesehen hatte. Er schien neu zu sein, denn er starrte auf einen Stadtplan auf seinem Smartphone.
„'tschuldigung!", nuschelte Marlene und lief weiter.
Nach ein paar Metern drehte sie sich noch einmal um. „Der sieht fast aus wie Mister Kiss auf dem Foto …", sagte sie lachend.
„Du denkst auch an nichts anderes mehr, oder?", rügte Anna sie lachend. „Zum Glück erkennst du mich noch!"
Doch der Junge ging tatsächlich auf ihre Schule zu. Auf dem Schulhof blickte er sich um, als würde er jemanden suchen. Weil die Sonne schon jetzt heiß vom Himmel brannte, war kaum ein Schüler in seine Klasse gegangen. Alle wollten die Qual des Unterrichts so lange wie möglich hinauszögern. Mandy saß auf der Lehne einer Bank und wartete. Tim war noch nicht zu sehen.
Und da passierte es. Das Unglaubliche. Der fremde Junge ging auf Mandy zu und drückte ihr einen Kuss auf den Mund. Dann sagte er: „Hi, ich bin Mister Kiss! Ich habe es ohne dich einfach nicht mehr ausgehalten!"
Mandy knallte ihm eine. Wutentbrannt lief sie in die Pausenhalle.
Der Junge stand da und rieb sich die Wange. Rundherum kicherten einige, andere schüttelten nur die Köpfe.

Marlene tat nichts von beidem. Ihre Beine zitterten so stark, dass sie sich setzen musste. Mitten auf den Hof, einfach auf den Asphalt. Ihr Magen zog sich ruckartig zusammen. Ihr Herz schlug bis zum Hals. Mister Kiss war hier. Und er glaubte, Mandy wäre Sunflower! Die Sache mit dem Foto war gehörig nach hinten losgegangen!

„Was … was soll ich denn jetzt nur tun, Anna?", stammelte Marlene. „Ich hab doch nicht ahnen können, dass er hier auftaucht!"

Anna ließ sich neben ihre beste Freundin fallen. „Es gibt zwei Möglichkeiten", sagte sie. „Kommt darauf an, was du erreichen willst. Also entscheide dich!"

Marlene spricht Mister Kiss an, gibt sich aber nicht zu erkennen. So kann sie prüfen, ob er wirklich der Richtige für sie ist. Lies weiter auf Seite 102.

Marlene hilft Mister Kiss, sich Mandy zu schnappen. Eine perfekte Rache an Tim. Lies weiter auf Seite 130.

# Zimtsterne

„*Was* willst du?“ Anna schnaubte wie ein Nilpferd nach dreistündigem Tauchgang. „Ihm Mandys Foto schicken?!“

Marlene merkte, wie ihr das Blut ins Gesicht schoss. „Na ja, also, ich finde die Idee gar nicht soo schlimm“, versuchte sie sich zu verteidigen. „Mandy ist immerhin so hübsch, dass Tim mich wegen ihr verlassen hat. Irgendetwas muss doch an ihr dran sein, wenn alle Jungs auf sie stehen, oder?“

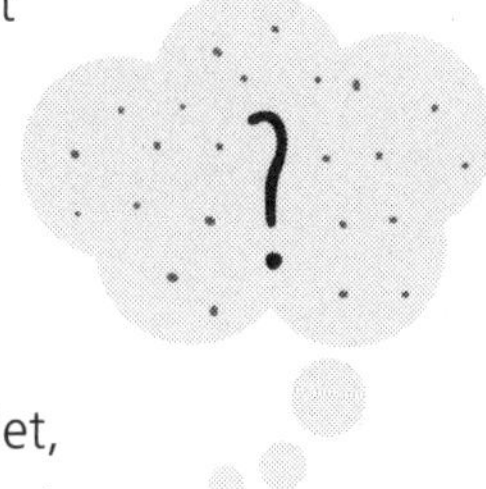


Anna winkte ab. „Also, wenn er die toll findet, solltest du Mister Kiss schnell aus deinen Kontakten löschen. Du bist eindeutig interessanter. Und wie gegen die Wand gelaufen siehst du auch nicht gerade aus!“

Marlene seufzte. „Das musst du ja sagen, du bist meine Freundin. Außerdem …“, Marlene lächelte. „Außerdem hast du doch auch so deine Erfahrungen mit Mandy gemacht, oder?"

Jetzt war es Anna, die mürrisch guckte. Sie war im letzten Sommer eine kurze Zeit lang in Samir aus der Achten verknallt gewesen. Doch als Samir eines Nachmittags im Freibad neben Anna eingeschlafen war, hatte er im Traum *Mandy, Mandy* genuschelt. Von dem Tag an war es mit der Schwärmerei aus gewesen. Und Mandy war endgültig bei Anna unten durch.

Marlene legte den Arm um sie. „Du hast bestimmt Recht. Ich sollte mein eigenes Bild schicken", sagte sie. „Aber ich habe heute Morgen den größten Schock meines Lebens bekommen. Mein Ex-Freund, der bis gestern noch mein Freund war, kommt mit der Schul-Beauty Arm in Arm in die Klasse. Da ist mein Selbstbewusstsein nicht gerade groß wie der Mount Everest. Eher wie ein Maulwurfshügel."

Anna nickte. „Aber wenn Mister Kiss rausfindet, dass du ihn reingelegt hast, wird er bestimmt sauer. So machst du eher alles kaputt."

Marlene winkte ab. „Wie soll er das rausfinden? Ich werde den Kerl nie im Leben treffen. Es macht Spaß, mit jemandem so Coolen zu chatten. Aber die Chance ist eins zu zehn Millionen, dass Mister Kiss gleich um die Ecke wohnt."

Anna grübelte und grübelte. Bevor sie sich noch das Gehirn verrenkte, packte Marlene ihre Freundin am Arm.

„Wir sind eindeutig unterkalorisiert", behauptete sie. „Wir brauchen Zucker und Kohlenhydrate in Massen!"

Anna lachte. „Unterkalorisiert! Wenn du dir so ein Wort ausdenken kannst, solltest du dich doch wohl auch entscheiden können: Mandys Foto oder deins?"

„Essen!", antwortete Marlene. Sie zerrte Anna hinter sich her wie ein Hündchen in die Tierklinik. In der Küche durch-

wühlten sie die Schränke. Süßigkeiten gab es nicht, aber sie fanden gemahlene Mandeln und Haselnüsse, Puderzucker, zwei Zitronen und jede Menge Zimt.

Marlene schnippte mit den Fingern. „Super, wir machen Zimtsterne! Das Rezept kann ich auswendig!"

Anna sah sie verwirrt an. „Zimtsterne? Wir haben Juli!"

Marlene winkte ab. „Na und? Die schmecken nicht nur im Advent. Ich finde sowieso, man sollte sich von Festen und

Jahreszeiten nicht den Appetit diktieren lassen! Außerdem haben wir alles dafür da."

Anna lachte. „Okay, du verrücktes Huhn", antwortete sie. „Wenn wir dabei keine Weihnachtsmusik hören müssen …"

Marlene machte sich sofort an die Arbeit. Die Zutaten wurden verknetet. Anna presste die Zitrone aus und kippte den Saft dazu.

„Jetzt müsste der Teig eigentlich vier Stunden ruhen", sagte Marlene. „Aber ich brauche jetzt Kalorien, nicht erst heute Nacht."

## Zucker und Kohlenhydrate

Sie stachen Sterne aus. Anna fand, sie könnten ruhig ein bisschen auf den Sommer eingehen. Bei den Ausstechformen gab es auch einen Delfin und einen einfachen Kreis – ein perfekter Wasserball.

„Immerhin etwas", murmelte sie. „Leider gibt's keinen Bikini und keinen Sonnenschirm."

Die beiden dachten sich noch fünf Minuten lang die verrücktesten Ausstechformen aus. Dann piepste der Herd, die Plätzchen waren fertig. Jetzt noch schnell den Zuckerguss …

„Köfftliff!", schmatzte Marlene mit vollem Mund. „Ein bisschen pappig, aber sonst super!"
Anna probierte vorsichtig, musste ihrer Freundin aber Recht geben.
„Etwas ungewöhnlich im Juli, aber sonst saugut!"
Sie trugen das Blech auf die Terrasse und legten sich in die Liegestühle.
Anna konnte nicht aufhören zu kichern. „Zimtsterne im Liegestuhl!", giggelte sie. „Für diese verrückten Ideen liebe ich dich!"
Die Komplimente von Anna machten die Kekse noch köstlicher. Marlene fand das Leben gar nicht mehr so übel. Sie hatte wieder Zeit für ihre Freundin, sie musste keine Rücksicht auf Tim nehmen, und es gab einen Jungen, mit dem sie chatten konnte. Womit sie wieder beim Ausgangsproblem waren.
Als fast alle Zimtsterne aufgefuttert waren, hielt Marlene sich den Bauch. „Puh, jetzt bin ich überkalorisiert! Warum haben wir noch mal gebacken?"
Anna rollte mit den Augen. „Weil du dich nicht entscheiden konntest. Das Foto! Remember?"
Marlene nickte. „Kann mich mit vollem Magen immer noch nicht entscheiden. Mandy?"
Anna stand auf. Ihr Gesicht glühte. Wenn sie nicht aufpasste, gab es sicher einen Sonnenbrand. „Lass uns reingehen", schlug sie vor. „Das Problem wird nicht kleiner, wenn wir es nicht beachten."

Zehn Sekunden später saßen sie wieder am Computer. Erstaunt stellte Sunflower fest, dass ihr noch drei weitere Jungs geschrieben hatten. Zwei waren Nieten und Marlene klickte sie weg. Der dritte aber, Beachsurfer, klang eigentlich ganz nett. Trotzdem überflog sie seine Nachricht nur, ohne sie richtig zu lesen. Ihre Gedanken kreisten nur um eine Frage.

„Mandy oder ich? Welches Foto nehme ich denn nun?"

Anna klatschte in die Hände. „Keins von beiden, wir machen eine Fotosession!", rief sie. „Da fühlst du dich wie ein richtiges Model!"

Sie ging zu Marlenes Schrank und kramte die schönsten Outfits heraus. Marlene zierte sich erst ein bisschen, dann aber gefiel ihr die Idee. Es machte irre Spaß, Model zu spielen! Sie stelzte durch das Wohnzimmer, klimperte mit ihren Wimpern, machte coole Posen. Dann wieder Umziehen und das Ganze noch mal von vorne.

Anna knipste, bis der Speicher von ihrem Handy voll war. Dann nahm sie Marlenes. Bald tat ihr der Finger weh vom vielen Knöpfchendrücken.

Sie lachten und lachten, bis kaum noch Schmerz in Marlenes Herz zu spüren war. Mandy und Tim hatten bestimmt nicht so viel Spaß miteinander …

Marlene ließ sich aufs Sofa fallen. „Zeig her!"

Anna löschte die verwackelten Bilder und alle, auf denen Marlene mit offenem Mund oder halb geschlossenen Augen zu sehen war. Die schönsten präsentierte sie ihrer Freundin.
„Tätä!“ Sie hielt Marlene das Handy hin. Auf dem ersten Foto trug Marlene ein Kleid mit Blumen und Kolibris, sowieso schon toll!
Doch Marlene schüttelte nur den Kopf.
„Weiter!“
Auf dem nächsten war nur ihr Kopf und der Oberkörper mit einem pinken Top. Marlenes Blick war herausfordernd und lässig, fand Anna.
„Das Top ist viel zu eng!“, stöhnte Marlene. „Da sehe ich aus wie Peng die Wurst!“
Anna stieß ihr den Ellenbogen in die Rippen. „Du immer mit deinen Sprüchen!“
Das dritte Bild zeigte Marlenes Gesicht in Nahaufnahme. Sie zwinkerte mit einem Auge, dabei biss sie sich übertrieben auf die Unterlippe.
„Supercool!“, sagte Anna begeistert.
„Superpeinlich!“, widersprach Marlene. „Da sehe ich aus, als hätte ich gerade dreißig Zimtsterne in mich reingestopft und müsste gleich brechen!“
Anna schaltete ihr Handy aus. „Okay, ich merke schon, so kommen wir heute nicht weiter. Ich speichere dir die Fotos. Wenn du in einem Monat oder so wieder mit jemandem zusammen bist, findest du sie sicher genauso schön wie ich.“

Marlene nickte.

„Kann man eigentlich auch mit jemandem gehen, den man noch nie gesehen hat?", fragte sie leise. „Mit dem man nur chattet. Geht das?"

Anna runzelte die Stirn. „Wenn dir das reicht, schon", glaubte sie. „Aber ich sitze lieber in echt bei meinem Freund auf dem Schoß, als nur darüber zu schreiben."

Marlene kicherte. „Aber das hat auch viele Vorteile: Du musst ihn nie zum Eis einladen, keine langweiligen Fußballspiele auf eiskalten Sportplätzen ansehen und ihn auch nicht englische Vokabeln abfragen." Genau das hatte sie alles für Tim gemacht.

Anna reichte Marlene das Handy und sah auf die Uhr. „Ich muss um sechs zum Judo. Nimmst du nun dein echtes Foto oder Mandys?"

Marlene bleibt dabei: Sie schickt Mister Kiss das Foto von Mandy. Findest du, dass das eine gute Idee ist? Dann lies weiter auf Seite 39.

Marlene schickt ihr Foto zum Test an Beachsurfer. Mal sehen, wie der reagiert. Wenn du das auch so gemacht hättest, lies weiter auf Seite 32.

# Eisteemania

Als Marlene aus der Haustür sprang, sah sie nicht aus wie Peng die Wurst. Eher wie Fipsi der Affe. Die Uhr zeigte eine Minute vor sechs. Wenn Jonas das Tick verließ, weil sie so unglaublich zu spät kam, würde sie sich das nie verzeihen! Marlene nahm die zwei Stufen auf einmal, stolperte über das Skateboard ihres Bruders, ruderte wild mit den Armen und konnte sich so gerade noch an der Garagenwand abfangen.
„Wenn das mit den Jungs nix wird, gehe ich mit der Nummer zum Zirkus!“, grummelte sie.
Sie riss das Tor auf und blieb mit einer Haarsträhne an einer Schraube hängen. Bis Marlene sich wieder freigeknotet hatte, waren weitere fünfzig Sekunden ihrer kostbaren Zeit abgelaufen. Jetzt aber nichts wie ab zum Tick. Sie schwang sich aufs Mountainbike und strampelte los. Auf halbem Weg bremste Marlene plötzlich scharf. Tick? Oder war ihr Treff-

# DATEBIKE

punkt das Café Cool? Verflixt! Vor lauter Aufregung über Fotos, doofe Kleidung und Jungs hatte sie glatt vergessen, wo sie mit Jonas verabredet war. Im Krokodil?

Ein Auto hupte. Marlene zerrte ihr Rad auf den Bürgersteig und zeigte dem Drängler einen Finger.

„Dumme Nuss!“, pöbelte sie. Da erkannte sie den Fahrer. Es war Doktor Magerfleisch und er winkte ihr freundlich zu.

„Oh shit!“, fluchte Marlene. Schnell winkte sie zurück. Vielleicht hatte er den Finger ja nicht gesehen …

Sie zog ihr Smartphone aus der Tasche und versuchte, sich

bei Neue Liebe einzuloggen. Dummerweise fiel ihr auch die richtige Schreibweise ihres Passworts nicht ein. War es *Erde-ohne-Tim*? *Welt_ohne_Jungs*? Oder: *welt-ohnetim*?

Tim kam drin vor, da war sich Marlene sicher. Aber der Rest? Sie gab zwei falsche Passwörter ein. Noch ein letztes war erlaubt, aber sie wollte es nicht drauf ankommen lassen. Zu Hause hatte sie das richtige ja aufgeschrieben. Sollte sie umkehren? Marlene sah auf die Uhr. Zehn Minuten nach sechs. Jonas hatte seinen Eistee bestimmt schon zur Hälfte getrunken und schlürfte nun den Rest. Wenn sie nicht im Krokodil auftauchte, brauchte sie auch nicht mehr in die Schule gehen.

Krokodil, ja! Marlene war sich nun ganz sicher. Das Team vom Krokodil machte super Limonade. Mit Eistee war es sicher ähnlich – also hatte Jonas diesen Laden vorgeschlagen, klar.

Marlene raste zum Krokodil. Doch es war zu. Montags Ruhetag. Kurz sah sie sich nach Jonas um, aber der Platz vor dem Lokal war leer.

Dann doch das Café Cool. Marlene fuhr die Hälfte des Weges wieder zurück, bog dann Richtung Innenstadt ab und jagte durch die Fußgängerzone.

„Absteigen!“, brüllte ihr eine Frau mit Rollator hinterher.

„Geht nicht!“, rief Marlene. „Is 'n Notfall!“

Sie strampelte, bis ihr die Zunge fast in die Speichen hing. Das

Café Cool war nicht zu, das sah sie schon von Weitem. Aber Jonas war nicht da. Vielleicht saß er drin? Dann aber sah sie jemand anderen. Besser: zwei Jemande. Mandy und Tim hockten am besten Tisch in der Sonne und hielten Händchen.
„Oh mein Gott!", stöhnte Marlene. Sie bremste so scharf, dass sie beinahe in eine Mutter mit Kinderwagen gebrettert wäre.

„Absteigen!", schimpfte die Frau.
„Mach ich doch grade!", keifte Marlene zurück. Wusste die doofe Kuh denn nicht, worum es hier ging? Sie konnte sich doch wohl kaum mit einem Verehrer neben ihren Ex und dessen Neue setzen. Und da dachte diese Pute nur ans Absteigen?
Marlene fühlte sich in die Enge getrieben. Sie konnte nicht am Café Cool vorbeifahren und blitzschnell durch die Scheiben sehen. Soooo eine graue Maus war sie nun auch wieder nicht, dass Mandy und Tim sie nicht bemerken würden.
Sie konnte aber auch nicht einfach umdrehen und nach Hause fahren. Und hingehen und sagen: „Hi, habt ihr Jonas gesehen?" – das ging erst recht nicht. Schon gar nicht, wenn er nicht da wäre.
Als Marlene die Fingernägel der rechten Hand mit den Zähnen um drei Millimeter gekürzt hatte, vibrierte es plötzlich in ihrer Hose. Das Smartphone in der Tasche. Nummer unbekannt.
„Ja?"

„Ist alles in Ordnung? Hier ist Jonas."
„Uh. Ah. Örk. Nein, ja, alles okay. Ich bin gleich da." Marlene wollte schon auflegen. Aber vielleicht kriegte sie ja unauffällig raus, in welcher Ecke der Stadt sich Jonas aufhielt?
„Ähm, äh, sitzt du eigentlich drin oder draußen?"
„Drin? Bei dem Wetter? Nö, draußen natürlich."
Marlene machte im Kopf zwei Haken. Krokodil weg, Café Cool weg. Tick? Oder das Bandits?
Die lagen beide in der gleichen Straße. Sie schwang sich aufs Fahrrad.
„Ähm, ja, ja, hast völlig Recht. Gehst du eigentlich oft ins Bandits?"
„Ins Bandits? Was soll ich denn da? Das ist doch was für Babys."
Marlene atmete auf. Dann blieb nur das Tick
„Okay, ich seh das Tick schon. Bis gleich!"
Marlene raste um eine Straßenecke.
Ein Mann drohte ihr mit seinem Gehstock. „Absteigen!"
Marlene antwortete nicht, sie hatte nicht mehr genug Atem zum Sprechen. Sie brauste weiter. Kurz nach halb sieben sah sie das Schild vom Tick wirklich.
Das Café war in einem alten einstöckigen Backsteinhaus untergebracht. Schon Marlenes Mutter war in ihrer Jugend oft hier gewesen. Damals war es noch ein Jugendtreff der Kirche; es gab Kaffee, manchmal Kuchen, fair gehandelte Säfte, Limonade und offenbar auch Eistee. Man konnte Spiele aus-

leihen und auch mal ein mitgebrachtes Butterbrot essen. Vor fünfzehn Jahren sollte es aus irgendwelchen Gründen zugemacht werden, hatte ihre Mutter erzählt. Da gab es Proteste der Jugendlichen, bis sich ein junger Wirt überreden ließ, den Laden weiterzuführen. Tick war die Abkürzung für irgendwas mit Treff und international und Café – oder so ähnlich. Marlene nahm sich vor, nachzufragen. Aber nicht heute. Heute wollte sie nur acht Liter Eistee in sich reinkippen und wie ein nasses Handtuch auf dem Stuhl hängen.

„Hi!", schnaufte sie. Mehr bekam sie nicht mehr raus. Sie ließ ihr Fahrrad gegen einen Baum kippen und warf sich in den Stuhl neben Jonas. Ihr Kopf war mit Sicherheit pinker als ihr Top. Unauffällig schnüffelte sie an ihrer Schulter. Nichts zu riechen.

„Hi!", antwortete Jonas und grinste. „Hast du Sonnenbrand? Oder bist du so unsportlich, dass dich dreihundert Meter Radfahren fertigmacht?"

Marlene schüttelte den Kopf. „Weder noch", japste sie. „Musste noch für meine Mutter was besorgen. – Woher hast du eigentlich meine Nummer?"

Jonas lachte. Wie ein Zauberer ließ er eine Hand vor Marlenes Gesicht hin und her wischen.

„Magie!"

Marlene schlug seine Hand lachend weg. „Nee, jetzt mal ehrlich!"

Jonas zeigte ihr sein Handy. Die Nummer, die er vor Marlenes gewählt hatte, war die von Tim.

Marlene wurde bleich. Wahrscheinlich war sie nun pink-weiß gestreift im Gesicht. „Du hast Tim nach meiner Nummer gefragt?"

Jonas nickte. „Klar, warum denn nicht. Ich hab gesagt: Hey, Tim, was geht ab? Hab gehört, Marlene ist wieder solo, gibst du mir ihre Nummer?" Jonas grinste. „Er hat zwar geschluckt, sie mir aber dann doch gegeben."

Marlene holte tief Luft. In ihrem Kopf drehte sich alles. Sollte sie das nun cool finden oder dämlich? Ihr Bauch entschied

COOL

ODER

dämlich

?

die Sache für sie. Ein Lachen quetschte sich von dort durch die Kehle nach draußen.
„Du hast ihn echt gefragt? Ich fasse es nicht, ist das cool!"
Jonas grinste noch breiter. „Wenn er mit dir Schluss macht, tickt er nicht mehr ganz richtig. Da muss er doch geärgert werden!"
Marlene sah Jonas an. Einen Augenblick lang war ihr völlig egal, ob sie schwitzte. Ob ihr das pinke Top stand. Ob Tim mit Mandy achtundzwanzig Kinder haben würde. Sie nahm Jonas' Hand und drückte sie.
„Danke", flüsterte sie. „Danke für diesen Satz! Ich hoffe, du meinst ihn ehrlich ... alles andere verkrafte ich heute nicht."
Jonas lachte nicht oder machte einen dummen Spruch wie die meisten Jungs, mit denen sich Marlene bis jetzt getroffen hatte. „Ich habe es ernst gemeint", sagte er leise. Dabei blickte er Marlene tief in die Augen. „Aus unserer Klasse finden dich fast alle toll. Keiner versteht, was Tim mit Mandy will, wo er doch dich hatte. Das war heute Morgen echt *das* Thema in der Klasse."
Marlene schüttelte belustigt den Kopf. In der 8a war *sie* das Thema? „Du lügst mich doch an!", hakte sie nach. „Gleich kommen deine Jungs aus den Büschen und lachen sich eins, stimmt's?"
Jonas guckte so irritiert, wie es der beste Schauspieler nicht hinbekommen hätte. „Äh, nein!?! Wer, glaubst du denn, bist du? Das hässliche Entlein?"

# HÄSSLICHES ENTLEIN?

Marlene nickte. „Manchmal schon. Zum Beispiel heute Morgen. Jetzt immer noch ein bisschen."
Jonas lachte. „Habt ihr keinen Spiegel zu Hause? Du bist superhübsch! Und vor allem so witzig und hilfsbereit. Nie hätte ich gedacht, dass du dich bei Neue Liebe anmeldest!"
Marlene lächelte. So offen hatte noch kein Junge mit ihr gesprochen, auch nicht über ihr Aussehen. Tim hatte in den sieben Wochen, in denen sie zusammen gewesen waren, keinen einzigen Ton darüber gepiept. Um ehrlich zu sein, wusste sie überhaupt nicht, ob er sie hübsch fand oder eher geht so.
„Und du?", wollte Marlene jetzt wissen. „Was machst du da? Ich kann mir nicht vorstellen, dass du Probleme hast, Mädchen kennenzulernen. Dafür brauchst du doch keinen Chat."
Jonas winkte der Kellnerin und hielt sein leeres Glas hoch. Als sie ihn bemerkte, hob er zwei Finger. Kurz drauf standen zwei frische Eistee vor ihnen auf dem Tisch. Sie waren so kalt,

dass die Luft über ihnen dampfte. Und sie schmeckten superlecker.

„Ach, das ist eine lange Geschichte", erklärte Jonas. „Ich hatte mal Krach mit meiner Freundin. Ist lange her. Um ihr einen reinzuwürgen, habe ich mich dann im Chat angemeldet. 'n bisschen mit Fremden rumgeflirtet und so. Das waren alles nur Kindereien, aber ich habe mich dadurch wieder besser gefühlt. Seitdem schaue ich ab und zu mal rein. Heute eben zufällig auch."

Marlene saugte an ihrem Strohhalm. Es gab ein unanständiges Geräusch. Die Jugendlichen an den Nachbartischen drehten sich empört um.

„Entschuldigung!", rief Marlene und grinste. „Die Bohnensuppe von heute Mittag …"

Alle lachten. Auch Jonas. Und er sah sie mit diesem Blick an, den auch Tim draufgehabt hatte … vor sieben Wochen, als sie zusammengekommen waren, kurz nach den Osterferien. Den Blick hatte sie lange nicht gesehen. Und jetzt sah sie ihn bei Jonas wieder. Marlenes Herz klopfte. Sie konnte immer noch nicht glauben, was heute alles passiert war. Der Schock, für den Mandy und Tim gesorgt hatten, saß tief. Aber Jonas war so etwas – wie sagte man das – so etwas wie das Licht am Ende des Tunnels.

Sie quatschten und quatschten. Über Lehrer und Mitschüler. Mandy und andere blöde Zicken. Probleme mit Eltern und kleinen Brüdern. Und ein bisschen auch über Anna. Jonas bestellte einen Eistee nach dem anderen, bis es in Marlenes Bauch blubberte, als hätte es wirklich Bohnensuppe gegeben. Marlenes Handy vibrierte. „Shit, schon Viertel nach acht!", sagte sie. Am anderen Ende war ihre Mutter.

„'tschuldigung, Mama, habe mich mit Anna verquatscht, ich bin schon auf dem Weg."

Sie kramte einen Geldschein aus der Tasche, aber Jonas winkte ab.

„Lass stecken", sagte er mit Mädchenstimme. „Deine Freundin Anna zahlt!"

Marlene lachte. Wohl zum tausendsten Mal an diesem Nachmittag. Sie stand auf. Und dann passierte etwas, das sie nicht geplant hatte. Sie beugte sich vor und küsste Jonas. Mitten auf den Mund. Nur ganz flüchtig. Aber in ihrem Bauch hob ein ganzer Schwarm Schmetterlinge ab.

„Danke!“, hauchte sie. Dann ging sie zu ihrem Fahrrad und fuhr davon, ohne sich noch einmal umzudrehen. Sie hatte Angst, alles könnte nur ein Traum gewesen sein.

Auf dem Weg nach Hause war Marlene total beseelt. Jonas war supernett! Charmant, spendabel und verdammt süß. Sie fühlte sich wie eine Elfe. Leicht und positiv. Voller Energie, erwachsen und gleichzeitig kindisch.

In ihrem Zimmer angekommen, merkte sie, dass ihr Computer noch immer online war. Als sie ihn ausschalten wollte, sah sie die neue Nachricht bei Neue Liebe. Aber es war nicht Mister Kiss. Der hatte wohl die Lust verloren, weil Sunflower ihm kein Bild schickte. Auch egal.

Die neue Nachricht war von Johnny der Depp. Marlene musste lachen. Endlich mal ein Name, der nicht cool klang, sondern oberwitzig. Nur deshalb las sie die Nachricht überhaupt.

Johnny der Depp: *Ich brauche den Rat von einem klugen Mädchen. Du bist die Einzige, die nicht 1000 Rechtschreibfehler in ihrem Profil hat. Hast du für mich Zeit?*

Warum sollte Marlene einem fremden Jungen Tipps geben? Wenn du findest, dass sie lieber noch schnell Jonas eine Nachricht schreiben soll, lies weiter auf Seite 87.

Vielleicht kann Marlene Johnny tatsächlich helfen. Der schreibt ja nicht viel, klingt aber echt verzweifelt. Wenn sie ihm antworten soll, lies weiter auf Seite 78.

Beachsurfer alias Jonas musste noch eine Sekunde lang warten. Zwar hatte Marlene der Chat mit ihm ein süßes Kribbeln im Bauch verschafft, aber auch das Gespräch mit Mister Kiss hatte sie beeindruckt. Und warum sollte sie nicht mit zwei Jungs flirten? Nach dem Schmerz, den Tim ihr zugefügt hatte, waren zwei Pflaster besser als eins. Klar war nur: Sollte aus einer der beiden Geschichten etwas Ernstes werden, würde sie sofort aufhören, dem anderen schöne Augen zu machen.

Marlene grinste. Eigentlich müsste es bei der ganzen Tipperei am Computer ja eher heißen: schöne Finger machen …!

Aber irgendetwas stimmte mit ihrer Seite nicht. Das Foto erschien nicht als Anhang der Nachricht an Mister Kiss. Also lud Marlene es noch einmal vom Handy hoch. Klickte ein paar Symbole bei Neue Liebe an, wartete, klickte wieder, wartete. Endlich verschwand das Lade-Zeichen und das Foto war da.

Marlene griff nach ihrer Handtasche und wollte gehen, da machte es Pling! Und noch mal Pling! Und Pling! Pling! Pling! Pling! – Und dann hörte es gar nicht mehr auf. Ihr Computer benahm sich wie das Mischpult eines Techno-DJs. Sie bekam im Sekundentakt neue Nachrichten! Marlene versuchte, den Spuk zu stoppen, fand jedoch in der Eile nicht den richtigen Knopf. Pling! Pling! Pling!

Der Schweiß brach ihr aus. Dann bemerkte sie, was der Auslöser für diese Chat-Flut war: Sie hatte ihr Foto nicht nur an Mister Kiss geschickt, sondern öffentlich gemacht. Und alle, die heute ihre Seite angesehen hatten, bekamen es automatisch zugemailt!

Marlene ließ sich in ihren Schreibtischstuhl fallen. Sie hatte mal von einem Mädchen gehört, das aus Versehen nicht nur ihre Freundinnen per Computer zum Geburtstag eingeladen hatte, sondern die halbe Welt. Ihre Freunde hatten die Einladung geliked, deren Freunde ebenfalls, genauso wie Wildfremde. Zur Party kamen dann mehr als zehntausend Gäste, der Verkehr in der Kleinstadt brach völlig zusammen, der Garten wurde niedergetrampelt, der Hund der Familie flüchtete und wurde nie wiedergefunden. Witzig! Wenn man nicht selbst betroffen war.

Im Blitzgewitter der Plings! versuchte Marlene, das Richtige zu tun. Doch es dauerte fünf Minuten, ehe sie das Foto wieder gelöscht und eine Sonnenblume hochgeladen hatte. Völlig verausgabt schloss sie die Augen. Langsam wurden die Plings! weniger.

„Computer sind Hexenwerk!", sagte ihr Vater oft, wenn er aus dem Büro kam. Gerade in diesem Moment verstand Marlene genau, was er damit meinte.

Kopfschüttelnd sah sie sich die Bescherung bei Neue Liebe an. Wenn Marlene Bestätigung nötig gehabt hatte, dann war die Sache mit dem Foto auf jeden Fall ein totaler Volltreffer. 478 Nachrichten von Jungen hatte sie im Postfach. Dreihundert hatten sofort eigene Bilder geschickt, zehn wollten sie am nächsten Wochenende besuchen kommen, egal wie weit sie fahren müssten, mehr als achtzig schworen, dass Sunflower ihre Traumfrau sei, auf die sie schon ihr ganzes Leben gewartet hatten – also im Durchschnitt vierzehn Jahre.

Jetzt kamen die Nachrichten zwar langsamer, aber trotzdem noch regelmäßig. Johnny der Depp meldete sich. Ihm gefiel ihre Blume. Er fragte um Rat wegen seinen Beziehungsproblemen. Und Superjakob wollte sie sogar gleich heiraten, auch ohne das Foto gesehen zu haben. Nur weil sich alle hier im Chat scheinbar um Sunflower kloppten.
Marlene schrieb an Beachsurfer. Hoffentlich las er den Chat auch unterwegs auf seinem Handy.

| | |
|---|---|
| Sunflower: | *Tschuldigung. Komme später, bin gerade von einer Lawine überrollt worden.* |
| Beachsurfer: | *Oh shit, sehe es gerade. Bring alles wieder in Ordnung, ich kann warten.* |

Marlene atmete auf. Tim hatte sich immer fürchterlich aufgeregt, wenn sie auch nur drei Sekunden zu spät kam. Egal, was für eine Katastrophe passiert war. Jonas schien da anders zu sein. Ein vernünftiger Typ eben, kein verzogener Bubi!
Jetzt meldete sich auch noch Mister Kiss. Er fand das Foto super.

| | |
|---|---|
| Mister Kiss: | *Genauso habe ich mir dich vorgestellt. Du bist der absolute Hammer - rundherum!* |

Marlene saß wie auf heißen Kohlen. Sie wollte zu Jonas, aber auf so ein Geständnis musste sie doch wohl antworten.

Sunflower: *Danke! Das hat noch nie ein Junge zu mir gesagt.*

Mister Kiss: *Glaube ich nicht! Was soll man denn sonst zu dir sagen?*

Sunflower: *Bist du nur so mutig, weil du mich nicht sehen kannst?*

Mister Kiss: *No! Ich würde dich liebend gerne sehen. Wo wohnst du denn?*

Dann geschah das Wunder. Mister Kiss wohnte nicht 800 Kilometer entfernt, wie Marlene befürchtete hatte. Auch nicht 500 oder 100. Er wohnte mit seinen Eltern in der Nachbarstadt. Mit der S-Bahn brauchte man keine zwanzig Minuten!

Sunflower: *Das gibt's doch nicht!*

Mister Kiss: *Schicksal eben. Wir sollen zusammenkommen!*

Sunflower: *Langsam, langsam. Vielleicht habe ich ja Mundgeruch und du spuckst beim Reden.*

Mister Kiss: *Würde ich bei dir glatt drüber hinwegsehen.*

| | |
|---|---|
| Sunflower: | *Aber jetzt mal ehrlich: Kommst du mal hier vorbei?* |
| Mister Kiss: | *Wäre echt cool!* |
| Sunflower: | *Morgen?* |
| Mister Kiss: | *Morgen ist schlecht. Habe die ganze Woche lange Schule. Aber Freitag könnte ich. Sogar schon morgens. Lehrerkonferenz, wir haben schulfrei.* |
| Sunflower: | *Nicht dein Ernst!?!?!* |
| Mister Kiss: | *Hab's verdient! – Also, ja oder ja?* |
| Sunflower: | *Beides ;-)* |
| Mister Kiss: | *Abgemacht. Dann komme ich Freitag zu euch in die Schule.* |
| Sunflower: | *Super!* |
| Mister Kiss: | *Super! Freue mich wie irre!* |

Marlene schüttelte ungläubig den Kopf. Wie konnte das Leben so verrückt sein? Heute Morgen noch wäre sie am liebsten in den Fluss gesprungen – und jetzt in die S-Bahn, um zu Mister Kiss zu fahren! Belustigt fiel ihr ein, dass sie seinen richtigen Namen nicht kannte. Also musste sie ihn am Freitag mit Mister Kiss anreden.

Sie rief Anna an und las ihr den Chat vor. Anna war wie immer eine super Freundin. Sie wollte jedes kleine Detail hören.

Marlene musste die besten Sätze bestimmt zehnmal wiederholen: Super! Freue mich wie irre!
Plötzlich machte Marlenes Computer wieder Pling! Es war niemand neues, sondern Beachsurfer – Jonas.
„Shit! Den habe ich ja ganz vergessen!“, fluchte Marlene, verabschiedete sich von Anna und legte auf.

*Beachsurfer:* *Marlene, ich gehe jetzt. Ich finde das nicht fair, mir zu sagen, du kommst und dann chattest du mit anderen. Du bist mir sehr, sehr wichtig! Und ich stehe schon lange auf dich. Komm doch Freitagabend zu meiner Party!*
*Darfst auch jemanden mitbringen.*

Marlene ist hin- und hergerissen. Jonas hat ja eigentlich völlig Recht. Er hat ihr Herz gewonnen und jede weitere Zeile an einen anderen würde ihr wie ein Verrat vorkommen. Andererseits würde sie Mister Kiss sehr gerne kennenlernen … Soll sie ihn zu Jonas' Party einladen?

Marlene schickt Mister Kiss eine Absage. Sie radelt zu Jonas und sie haben einen lustigen Abend zusammen. Wenn du wissen willst, was am nächsten Tag passiert, lies weiter auf Seite 87.

Marlene verabredet sich mit Mister Kiss im Krokodil. Von dort wollen sie zu Jonas' Party gehen. Wenn du das auch so gemacht hättest, lies weiter auf Seite 95.

# Johnny der Depp

Marlenes Gefühle gingen wild durcheinander. Tim machte mit ihr Schluss und hielt Händchen mit Mandy, Mister Kiss flirtete mit ihr im Chat, Jonas lud sie zum Eistee ein. Und jetzt wollte auch noch ein wildfremder Typ Ratschläge von ihr!

Zuerst hatte Marlene nicht die geringste Lust, Johnny dem Depp zu antworten. Sie freute sich auf ein gemütliches Abendessen mit ihrer Familie. Doch daraus wurde nichts. Ihr kleiner Bruder machte die ganze Zeit blöde Witze, ihre Mutter war sauer, weil sie so spät kam, und ihr Vater hatte irgendwelchen Ärger mit seinem Chef gehabt – deshalb sagte er keinen Ton und kaute nur stumm auf seiner Pizza herum.

So konnte Marlene nicht schlafen gehen. Also loggte sie sich doch noch mal bei Neue Liebe ein: `Welt_ohne_Tim` war ihr Passwort, natürlich!

| | |
|---|---|
| Sunflower: | *Hey, Johnny, brauchst du mich noch?* |

Die Antwort kam sofort. Als wäre Johnny so verzweifelt, dass er nur den Computerbildschirm anstarren konnte.

| | |
|---|---|
| Johnny der Depp: | *Ja, unbedingt!* |
| Sunflower: | *Worum geht's?* |
| Johnny der Depp: | *Um Mädchen, natürlich.* |
| Sunflower: | *Ah, die kann ich dir erklären, bin selbst eins ;-)* |
| Johnny der Depp: | *Ich liebe ein Mädchen.* |
| Sunflower: | *Schön!* |
| Johnny der Depp: | *Nein, gar nicht. Ich habe ihr nämlich sehr wehgetan.* |
| Sunflower: | *Uncool!* |
| Johnny der Depp: | *Yep! Ich dachte, ich wäre in eine andere verknallt. Hab kurz mit ihr geknutscht und …* |
| Sunflower: | *Böse!* |
| Johnny der Depp: | *Ja, ich fühle mich auch echt mies! Dabei liebe ich die andere immer noch! Jetzt habe ich mit der zweiten Schluss gemacht, aber die erste will mich sicher nicht mehr.* |

Marlene fühlte einen Stich im Herzen. Den ersten Teil kannte sie doch irgendwoher! Genauso fies war Tim mit ihr umgegangen. Nur war der ja glücklich mit seiner Mandy und sah sie nicht mal mehr an. So als wäre sie Luft! Vorhin am Café Cool hätte Marlene sicher Pauke spielen und mit fünf Bällen jonglieren können, Tim hätte seine Augen trotzdem nicht von dieser Ätztussi lassen können. Marlenes Sympathie galt also der großen Liebe von Johnny, logisch.

Sunflower: *Warum fragst du sie nicht einfach?*

Johnny der Depp: *Ich traue mich nicht. Sie haut mir sicher eine runter.*

Sunflower: *Hättest du ja auch verdient.*

Johnny der Depp: *Ja. Ich würd die Backpfeife auch einstecken, wenn sie dann zurückkäme.*

Sunflower: *So schnell gehen schlechte Gefühle nicht weg. Du musst dir ihr Vertrauen erst wieder verdienen.*

Johnny der Depp: *Und wie?*

Sunflower: *Schick die andere in die Wüste.*

Johnny der Depp: *Habe ich doch schon. Und jetzt?*

Sunflower: *Du musst ihr sagen, dass alles ein Fehler war. Niemand ist*

| | |
|---|---|
| | *perfekt. Und manchmal geht auch in Beziehungen was schief – obwohl man sich liebt.* |
| Johnny der Depp: | *Vielen, vielen Dank! Schlaf gut!* |
| Sunflower: | *Gerne! Du auch, Johnny!* |

Marlene knipste das Licht aus. Trotzdem konnte sie nicht einschlafen. Warum war Tim nicht so wie Johnny der Depp? Der hatte einen Fehler gemacht und bügelte ihn sofort wieder aus. Und Tim? Der Idiot musste unbedingt allen zeigen, wie glücklich er mit seiner Mandy war … das war wie ein Schlag mit einem nassen Handtuch. Er machte sie vor der gesamten Schule lächerlich!
Und dann war da noch die Sache mit Jonas. Nicht im Traum hätte Marlene daran geglaubt, dass der sie toll fand! Er war viel reifer und vernünftiger als Tim. Tim hatte sich oft noch wie ein totales Kleinkind benommen. Jonas war da ganz anders …
„Würde ich Tim zurücknehmen, wenn er mich bitten würde?", murmelte Marlene. Sie gähnte. Die Frage blieb unbeantwortet, denn sie schlief ein.

Dienstagmorgen fiel es Marlene überhaupt nicht schwer aufzustehen. Seltsam, aber sie freute sich auf die Schule. Mit Tim hatte das definitiv nichts zu tun. Mit Jonas umso mehr.

Als sie beim Frühstück saß, piepste ihr Smartphone. „Das ist Anna!", rief Marlene kauend. Ihr Bruder reichte ihr das Handy. „Nö", sagte er. „Ein Jonas." Marlene hätte beinahe ihr Müsli quer über den Tisch gespuckt. „Gib her!", keifte sie und riss ihrem Bruder das Ding aus der Hand.

*Hi, sehen wir uns gleich vor der Schule? Komm doch ein bisschen eher, dann haben wir mehr Zeit.*

Marlene konnte gar nicht so schnell JA tippen, wie ihr Herz schlug. Sie sprang auf, zog sich im Bad einen coolen schwarzen Lidstrich, stopfte ihre Hefte in den Rucksack und sprintete aus dem Haus. Hoffentlich kam Anna nicht wieder auf den letzten Drücker! Aber Marlene musste nicht lange warten.
„Was ist denn mit dir los?", fragte Anna. „Du bist schon fertig – muss ich mir Sorgen machen?
Marlene lachte. „Nur wenn du was von Jonas aus der 8a willst. Er hat erfahren, dass mit Tim Schluss ist, und mich gestern eingeladen."
Anna fiel die Kinnlade runter. „Ist nicht wahr!", stammelte sie.
Als Beweis hielt Marlene ihr das Handy unter die Nase.
Anna schüttelte nur den Kopf und fing an zu lachen. „Du

bist unglaublich! Kaum ist der eine weg, steht der nächste vor der Tür."

Marlene nickte. „Ja, und den kann Mandy mir nicht wegschnappen. Jonas findet sie nämlich total oberflächlich."

Anna grinste. „Cooool!"

Sie schafften es tatsächlich, eine S-Bahn eher zu nehmen als sonst. Zwanzig Minuten zu früh kamen die beiden an der Schule an. Jonas wartete an der Haltestelle.

„Woher weißt du ...?", wollte Marlene wissen.

Jonas hauchte ihr zur Begrüßung einen Kuss auf die Wange. Marlene wurde rot. Zum Glück machte er das auch bei Anna. Oder war ihr das gar nicht so recht?

„Ich sehe dich heute nicht zum ersten Mal, vergessen", erklärte Jonas. „Hab dich ein bisschen beobachtet, wann du gehst, wann du kommst."

Marlene konnte es nicht fassen. Es war also keine Einbildung gewesen, Jonas fand sie richtig gut! Kurz erwischte sie sich bei dem Gedanken, ob sie mit ihm gehen wollte. Was würde sie bloß antworten, wenn Jonas sie fragte? Dass es ihr zu schnell ging nach der Trennung von Tim? Dass sie überhaupt genug hatte von Jungs? Oder einfach: Ja?

Als sie auf die Schule zusteuerten, passierte etwas Unerwartetes: Tim kam zu ihnen herübergelaufen. Er sah erst zu Jonas, dann zu Anna. Er klappte den Mund auf, dann wieder zu, dann wieder auf.

„Marlene!“, presste er hervor. „Ich habe einen schrecklichen Fehler gemacht! Ich war mit Mandy im Kino und irgendwie … Hach, ich weiß auch nicht. Ich war mir einfach nicht mehr so sicher mit uns beiden. Aber jetzt bin ich es. Ich habe mich gestern mit Mandy im Café Cool getroffen und ihr gesagt, dass ich immer noch dich liebe. Ich hoffe, du kannst mir verzeihen!“

Tim stand mit gesenktem Kopf vor ihnen, als würde er auf das Beil des Henkers warten.

Marlene wusste nicht, was sie sagen sollte. Da war Tim, da war Jonas. Zwischen diesen beiden musste sie sich entscheiden.

Noch gestern Mittag wäre sie Tim um den Hals gefallen und hätte ihm das T-Shirt nass geweint vor Glück. Aber seitdem war viel passiert.

„Woher kommt deine plötzliche Wandlung?“, fragte Marlene mit zittriger Stimme.

Tim atmete tief durch. „Als du gestern aus der Schule abgehauen bist, hat es mir fast das Herz gebrochen“, beichtete er. „Dann habe ich mir Rat geholt …“

Marlene fiel es wie Schuppen von den Augen. Sie war es gewesen, bei dem er sich Rat geholt hatte! Tim war Johnny der Depp aus dem Chat! Sie wusste also ganz genau, dass er seine Worte ehrlich meinte.

„Ich danke dir für deine Ehrlichkeit", sagte sie leise. Ihr schossen die Tränen in die Augen. „Aber ich weiß nicht, ob es mit uns weitergeht. Du hast mich einfach zu sehr verletzt."

Tim nickte. Auch er weinte.

„Aber ich sage auch nicht Nein", fügte Marlene schnell hinzu. „Vielleicht klappt es irgendwann mal wieder mit uns zweien."

Es dauerte genau 18 Tage und drei Stunden, bis Tim und Marlene wieder zusammen waren. Nach der Beichte von Tim konnte Jonas nämlich nicht aufhören, über ihn zu lästern. Das machte alles kaputt. Marlene hielt kurz mal mit Jonas Händchen auf dem Weg zur S-Bahn, mehr nicht. Tim war nach ihrem Gespräch wie ausgewechselt. Er machte Marlene Komplimente, lud sie zum Eis ein oder schickte ihr witzige Fotos. Einfach nur so. Aber Marlene hatte das Gefühl, dass Tim echt was gelernt hatte.

Außerdem bekam sie ja mit, dass zwischen Tim und Mandy echt nichts mehr lief. Tim hatte sie nicht angelogen. Und hey, Fehler machten schließlich alle!

Als Jonas sich wieder einmal über Tim lustig machte, platzte Marlene der Kragen. Sie verkündete Jonas und der halben 8a, wie mutig sie die Aktion von Tim gefunden hatte und

dass es kein bisschen peinlich gewesen wäre. Oder schwach von ihm. Das war der Anfang einer langen Beziehung.
Tim und Marlene blieben bis zu ihrem fünfzehnten Geburtstag zusammen. Da lernte sie zufällig den Sohn ihrer neuen Nachbarn kennen, der eigentlich nur eine Rohrzange für die Waschmaschine holen wollte – aber das ist eine andere Geschichte.

Ende

# Yes!

Marlene saß in ihrem Zimmer am Computer. Da gab es doch noch einen Typ, der auf Antwort von ihr wartete. Johnny der Depp brauchte einen Rat – aber was ging sie das an? Die meisten Jungs, die sich heute bei ihr gemeldet hatten, waren Langweiler oder hielten sich für unwiderstehlich und Mädchen für dumme Tussis, die weiche Knie bekamen, wenn einer mit ihnen gehen wollte.

Sie klickte Johnny weg. Auch zwei weitere Jungen, die ihr Nachrichten geschickt hatten, warf sie gleich raus. Marlene dachte einen Moment nach. Dann löschte sie ihr gesamtes Profil und meldete sich für immer aus dem Neue-Liebe-Chat ab. Jonas hatte sie so gefunden, dafür war sie dem Chatroom dankbar. Aber sicher wäre der auch in den nächsten Tagen oder Wochen zu ihr gekommen – oder sie zu ihm. Und so gefiel es Marlene besser. Jemanden im Internet kennenzulernen war doch nur was für Mauerblümchen und verwirrte Jungs, oder?

Marlenes Bruder stürmte ins Zimmer und motzte. „Komm endlich, ich verhungere gleich!"

Marlene nickte, schaltete den Computer aus und ging ins Esszimmer. Es gab Pizza – und eine kurze Ansprache. Ihre Mutter meinte, dass es schön wäre, wenn Marlene sich beim nächsten Mal abmelden würde, wenn sie über das Quatschen mit Anna die Zeit vergessen hätte.

Ihr Vater lachte. „Das ist gut! Achte beim Vergessen immer darauf anzurufen!"

Jetzt musste auch Marlenes Mutter grinsen. „Ihr habt ja Recht!", sagte sie fröhlich. „Das war wirklich der doofste Spruch des Jahrhunderts!"

Marlene, ihr Bruder und ihre Eltern scherzten noch eine ganze Weile. Irgendwann sprach ihre Mutter sie auf Tim an.

„Was ist denn los mit ihm und dir?", fragte sie ganz offen.

Marlene zuckte mit den Schultern. „Er hat Schluss gemacht. Warum, weiß ich auch nicht ..." Alles mussten ihre Eltern ja nun auch nicht wissen.

„So ein Idiot!", sagte ihr Bruder. In diesem Moment hätte sie ihn knutschen können, und das kam sehr selten vor.

Auch Marlenes Vater schüttelte verständnislos den Kopf. „Der weiß einfach nicht zu schätzen, was er an dir hatte!"

Marlenes Mutter nahm ihre Tochter einfach nur in den Arm und drückte sie. „Auch wenn du es jetzt noch nicht glauben kannst ...", flüsterte sie ihr ins Ohr, „... es kommt ein Neuer. Papa war auch nicht meine erste große Liebe." Sie ließ Marlene los und zwinkerte ihr zu. Marlene zwinkerte zurück. Ihr war ganz leicht ums Herz, so als hätte sie den Diebstahl von fünf Tüten Gummibärchen gebeichtet.
Obwohl es mitten in der Woche und schon ziemlich spät war, spielten sie zu viert noch ein paar Runden Karten. Es wurde noch echt lustig.
Als Marlene endlich im Bett lag und die Augen schloss, sah sie einen Jungen vor sich. Aber es war nicht Tim. Es war Jonas. Jetzt, in ihrer Erinnerung, fand sie ihn noch hübscher als vorhin im Tick. Sollte Tim doch mit seiner Mandy glücklich werden! Der Depp hatte sie gar nicht verdient, da stimmte sie mit ihrem Vater überein.

Am nächsten Morgen wurde sie von einer Handy-Nachricht geweckt. Es war Jonas, der sich schon vor der Schule mit ihr treffen wollte.

*Habe mich ein bisschen geärgert, weil ich dich nicht nach Hause gebracht habe. So was sollte man tun nach einem ersten Date!*

Marlene antwortete:

*Stimmt!*

Jonas:

*Dann musst du dich eben noch mal mit mir treffen, damit ich das wiedergutmachen kann. Nimm doch heute mal die S4.*

Marlene fühlte ein Kneifen im Magen. Die S4 war gefährlich, mit der fuhr Tim immer. Trotzdem sagte sie zu.
Vor der Haustür fiel sie Anna um den Hals.
„Alles klar mit dir?“, fragte die verwundert.
Marlene ballte eine Faust. „Yes!“, jubelte sie. „Ich hab da einen an der Angel – oder er mich, wie du willst. Deswegen müssen wir heute auch die S4 nehmen.“
Sie machten sich auf den Weg zur Station, die ein bisschen weiter weg lag als ihre normale Haltestelle. Für Tim hatte Marlene diesen kleinen Umweg auch oft gemacht …
„Jonas aus der 8a“, berichtete sie Anna. „Aber ich habe ein bisschen Angst, dass das jetzt zu schnell geht. Immerhin war ich vorgestern noch mit Tim zusammen.“
Anna riss die Augen auf. „Jonas – echt jetzt? Da musst du zugreifen, Schatzi! Deiner Stimme merke ich doch an, dass du ihn lieber heute als morgen erhören würdest.“

Sie sprangen in die Bahn.

„Aber nachher habe ich den Ruf weg, mit jedem rumzumachen“, befürchtete Marlene. „Oder Jonas nur zu nehmen, weil ich es Tim heimzahlen will.“

Anna verdrehte die Augen. „Also, du bist dreizehn und hattest bisher einen Freund. Ich drei. Und? Hat irgendjemand gesagt, ich wäre wahllos oder so was?“

Marlene schüttelte den Kopf.

„Es hat sich nun mal so ergeben“, fuhr Anna fort. „Und es spricht doch für Jonas, dass er dich erst angemacht hat, als das mit Tim vorbei war.“

Sie wollte noch mehr sagen, doch da passierte es: Tim stieg ein! Marlene duckte sich hinter einen Schüler aus der Oberstufe. Aber eine Station weiter kam auch noch Mandy dazu. Wie ein Pfau stolzierte sie in die Bahn. Manche stierten sie an, andere sahen extra weg. Tim grüßte sie, aber Mandy rümpfte nur die Nase.

„Hey, Mandy, was soll das?“, hörte Marlene Tim sagen. „Ich habe es dir doch erklärt. Du bist toll, aber …“

## MANDY MUSS FEDERN LASSEN

Mandy schniefte. „Spar dir den Rest!" Die beiden redeten wild aufeinander ein. Mandy machte auf armes Häschen und blinkerte Tim mit ihren Rehaugen an, bis der endgültig hypnotisiert war. Sie zog ihn an sich und gab ihm einen Kuss.

Zu Marlenes großer Überraschung tat es nur ein bisschen weh. Tim benahm sich mies, das half.

Zwei Stationen, bevor sie aussteigen mussten, sprang Jonas ins Abteil. „Hi, da bist du ja!", grüßte er gut gelaunt.

Marlene wagte sich aus der Deckung. Sie spürte die Blicke von Tim und Mandy. Das gab ihr einen Schups. Sie umarmte Jonas und küsste ihn. Kurz, aber auf den Mund.

„Hi, schön dich zu sehen", sagte sie so laut, dass es auch der Zugführer drei Abteile weiter hören musste. „Das war echt ein richtig schöner Abend gestern!"

Sie hörte es zweimal klacken: Die Unterkiefer von Tim und Mandy fielen herunter.

Anna strahlte. Sie freute sich riesig für ihre Freundin.

„Hi, Anna", sagte Jonas. „Dich wollte ich schon immer mal besser kennenlernen. Ich hoffe, wir sehen uns jetzt auch öfter."

Marlene stupste ihm den Ellenbogen in die Rippen. „Was meinst du denn mit auch?"

Jonas tat unschuldig. „Na, dass wir uns jetzt jeden Tag treffen, ist doch wohl abgemacht, oder was sollte dein Kuss gerade bedeuten?"

Tatsächlich bedeutete der Kuss genau das! Marlene brauchte noch bis Freitag, um sich über ihre Gefühle klar zu werden. Dann war sie fest mit Jonas zusammen.

Die Sache mit Tim und Mandy beobachtete sie natürlich weiter. Notgedrungen, die beiden gingen ja in ihre Klasse. Es war ein ständiges Auf und Ab mit ihnen. Mal waren sie zusammen, dann wieder heillos zerstritten. Das ging zwei Jahre so. Dann blieb Mandy sitzen. Sie kam zwar trotzdem noch zu allen Partys, aber irgendwie war sie danach außen vor. Etwa zu dem Zeitpunkt sprach Tim Marlene zum ersten Mal auf ihr blödes Ende an. Er erzählte ihr sogar, dass er eigentlich schon Schluss mit Mandy gemacht hatte, um wieder mit ihr zusammen zu sein. In einem Internet-Chat hatte er sich bei fremden Mädchen Rat geholt, aber die hatten entweder nicht geantwortet oder total bescheuerte Tipps gegeben. Marlene konnte sich noch dunkel daran erinnern … Sie musste lachen. Tim war Johnny der Depp gewesen! Und ausgerechnet sie hatte ihm sagen sollen, wie er mit ihr umgehen sollte! Zum Glück war daraus nichts geworden.

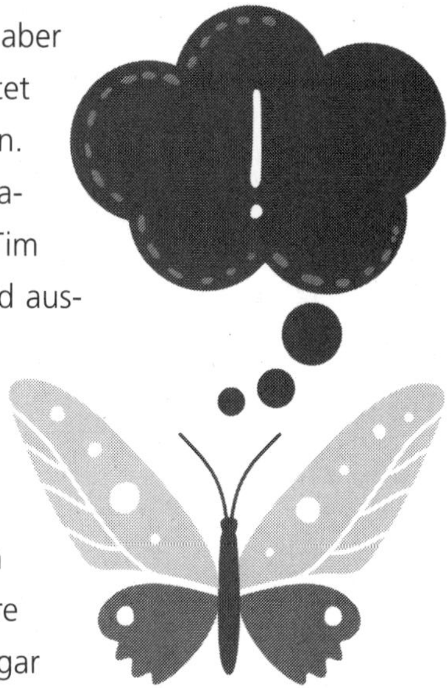

Mit Jonas ist sie nämlich immer noch zusammen. Es gab nur eine schwere Krise, aber dafür hatte er eigentlich gar nichts gekonnt. Anna hatte sich Hals über Kopf in Jonas verknallt, als er ihr helfen sollte, an Urs aus seiner Klasse ranzukommen. Sie wollte Urs dann doch nicht, aber dafür Jonas. Nur gut, dass alles hielt. Anna und Marlene sind noch Freundinnen. Und Jonas und Marlene noch zusammen. Heute lachen sie alle drei über die Geschichte. Bei einem Eistee im Tick.

Ende

# Mister Kiss

Marlene war aufgeregt, als müsste sie eine Rede vor fünfhundert Leuten halten. In Unterwäsche. Mit einem albernen Hut auf dem Kopf.

Als Treffpunkt hatte sie das Krokodil vorgeschlagen. Das war freitagabends immer fest in der Hand von Jugendlichen. Auch als Dreizehnjährige wurde man nicht mit diesem Hau-ab-hier-Kurze-das-ist-kein-Kindergarten-Blick angesehen. Und die hausgemachte Kroko-Limo war der Hammer!

Marlene war überpünktlich. Sie hatte sich die Lippen knallrot geschminkt. Zu auffällig! Wieder alles weggewischt und den schwarzen Lippenstift ausprobiert. Aber der ließ sie zu depri aussehen, so als würde sie jeden Augenblick über das Elend der Welt losheulen. Jetzt war ihr Mund durch die viele Abschminkerei leicht geschwollen. Ihre Lippen brannten. Marlene achtete nicht darauf. Sie schloss ihr Fahrrad an eine Straßenlaterne und scannte die Jungs. Mister Kiss hatte ihr zwar ein Foto von sich geschickt, aber sie wusste ja selbst, wie weit Foto und Realität oft auseinanderlagen. Sie lehnte sich an die Laterne und wartete. Es war Viertel vor sechs, jetzt müsste Mister Kiss eigentlich um die Ecke biegen. Marlene wurde immer nervöser. Sie kramte den rosa Lippenstift aus ihrer Handtasche und schminkte sich nun doch wieder.

Jungen gingen an ihr vorbei und drehten sich um. Einer pfiff begeistert durch die Zähne. Marlene sah schnell auf die Uhr. Das war ja wohl ein eindeutiges Zeichen, dass sie auf jemanden wartete.

Sie ging auf und ab. Jetzt ärgerte sie sich, dass sie Anna nicht mitgenommen hatte. Eine beste Freundin hätte sie in diesem Moment gut gebrauchen können.

Sie kramte ihr Smartphone aus der Tasche und schrieb ihr schnell eine Nachricht.

Marlene: *Der kommt nicht? 😕 Was soll ich machen? Abhauen?*

Anna: *Tests von amerikanischen For-*

| | |
|---|---|
| | *schern haben gezeigt: Jungs sind nicht intelligent genug, um die Uhr lesen zu können. Du musst entweder warten oder ein Mädchen heiraten.* |
| Marlene: | *Haha! Ich warte.* |
| Anna: | *Was hast du an?* |
| Marlene: | *Den Jeans-Minirock und das T-Shirt mit der Katze.* |
| Anna: | *Schick mal ein Bild!* |

Marlene blickte sich um. Noch immer war niemand in der Nähe, der wie Mister Kiss aussah. Also machte sie ein Selfie und schickte es Anna.

| | |
|---|---|
| Anna: | *Umwerfend! Wenn Mister Kiss nicht kommt, hast du rapp-zapp einen anderen an der Angel.* |
| Marlene: | *Einer hat schon gepfiffen.* |
| Anna: | *Wen wundert's!* |
| Marlene: | *Ich glaube, da ist er! Der sieht sich so suchend um.* |
| Anna: | *Ich drücke die Daumen! Bin schon ganz gespannt. Bis gleich bei der Party! 1000 Küsse!* |
| Marlene: | *Zurück! Schmatz!* |

Marlene behielt das Handy in der Hand. Irgendwie gab es ihr Kraft, es war wie eine Verbindung zu ihrer besten Freundin.
Ein Junge in ihrem Alter stand vor dem Krokodil. Sein Blick wanderte von einem Tisch zum anderen. Besonders Mädchen, die ohne Jungs da waren, musterte er genau. Er suchte jemanden und Marlene wusste auch, wen.
„Mister Kiss?"
Der Junge drehte sich um. „Sunflower?"
Marlene wurde rot. Sie nickte. Zwischen dem Foto und dem echten Mister Kiss lagen tatsächlich Welten. Auf dem Bild hatte er richtig gut ausgesehen. Aber in echt ... der Hammer! Mister Kiss hätte glatt auf jedem Laufsteg der Welt die neuste Mode präsentieren können. Er war topgestylt von Kopf bis Fuß. Seine Haare hatte er mit etwas Gel zur Seite geknetet. Zu einem einfarbigen T-Shirt, auf dem weder ein lustiger Spruch noch das Logo einer finnischen Heavy-Metal-Band stand, trug er einen braunen Loop.
„Du siehst toll aus!", schwärmte Mister Kiss. „Viel besser als auf dem Foto."
Marlene lächelte unsicher.
„Also, ich meine, das Foto war auch toll!", stammelte er. „So war das nicht gemeint. Ich wollte sagen ..."
Er trat einen Schritt zurück und musterte sie noch einmal. „Also, einfach nur: wow!"
Marlene musste lachen. Mister Kiss machte das gut. Er sagte es ernst genug, dass sie es glaubte, und mit einem ver-

schmitzten Lächeln, sodass es nicht peinlich oder schleimig klang. Tim hatte nie überhaupt nur gemerkt, was sie anhatte. Ob es alte Klamotten waren oder brandneue, fiel ihm nie auf.

„Du aber auch!“, sagte Marlene schnell.

Mister Kiss sah auf sein Handy.

„Ich bin ein bisschen spät, tut mir leid“, entschuldigte er sich. „Die Entfernung vom Bahnhof hierher sah auf meinem Plan viel kürzer aus. Haben wir noch Zeit, was zu trinken, oder müssen wir los? Das Internet sagt, die Limonade ist hier grandios!“

Marlene nickte. „Da hat das Internet ausnahmsweise mal Recht. Ich finde auch, du kannst nicht wieder zurückfahren, ohne sie probiert zu haben.“

Mister Kiss nahm ihre Hand, als würden sie sich schon ewig kennen, und zog Marlene hinter sich her in den Biergarten. Alle Tische waren besetzt, doch sie hatten Glück. Eine Vierergruppe bezahlte gerade und machte ihnen Platz.

„Wie bestellt!“, scherzte Mister Kiss.

Die vier lachten und wünschten ihnen einen schönen Abend. Ja, das war es! Ein verdammt schöner, unglaublicher Abend! Es war knackewarm, die Musik im Krokodil war super und Mister Kiss schwärmte von der hausgemachten Limo. Marlene hätte ewig hier sitzen bleiben können.

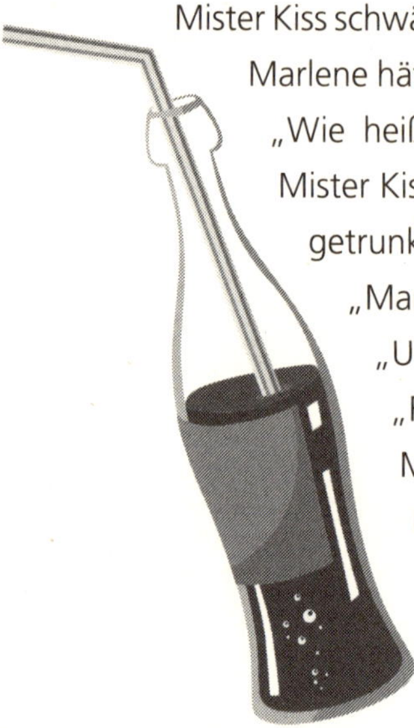

„Wie heißt du eigentlich wirklich?“, wollte Mister Kiss wissen, als sie die ersten Schlucke getrunken hatten.

„Marlene“, stellte Marlene sich vor. „Und du?“

„Rate mal!“

Marlene winkte ab. „Oh, bitte nicht! Ich bin echt schlecht in so was.“

Mister Kiss grinste. „Dann musst du erst recht ein bisschen üben. Ich gebe dir auch einen Tipp: Der erste Buchstabe ist kein Ü.“

Marlene rollte mit den Augen. „Danke, jetzt ist es pipileicht!“

„Okay, noch ein Hinweis: Meine Mutter ist Französin und sie hat den Namen ausgesucht.“

Marlene trank schnell einen Schluck. Eine französische Mutter? Sie hatte seit einem Jahr Französisch in der Schule, aber viel mehr als *Oui* und *Non* konnte sie noch nicht sagen. Doch Namen fielen ihr eine Menge ein. Ihre Lehrerin hatte zum Spaß allen Schülern französische Namen verpasst.

„Serge? Mathieu? Franck?"

Mister Kiss lachte. „Non, non, non!"

„Johan? Charles? Benjamin?"

Mister Kiss warf amüsiert den Kopf in den Nacken. „Charles? Très chic. – Non, non, non!"

Marlene seufzte. „Dann fällt mir nur noch Rafael ein."

Mister Kiss grinste. „C'est bon! Du bist gut!"

Zur Belohnung bestellte Rafael noch mal zwei Kroko-Limos. Irgendwann sah Marlene auf die Uhr. „Was?", stöhnte sie. „Schon kurz vor acht!"

Auf zur Party! Die anderen werden staunen, wenn Marlene mit so einem schönen Unbekannten auftaucht! Wenn du wissen willst, was sie sagen, lies weiter auf Seite 124.

Eigentlich hat Marlene gar keine Lust mehr, Rafael mit den anderen zu teilen. Sie schlägt vor, stattdessen ins Kino zu gehen. Würdest du das auch so machen? Dann lies weiter auf Seite 113.

# Hola, Miguel!

Marlene musste all ihren Mut zusammennehmen. Eigentlich war sie nicht schüchtern, aber jemand Wildfremdes einfach so anzusprechen, war schon eine schwierigere Übung. Vor allem, wenn er gar nicht so wildfremd war, man sich aber nicht verraten durfte.

„Okay, ich mach's!", flüsterte sie Anna zu und stand auf. Der Schulhof hatte sich mittlerweile fast geleert, in wenigen Sekunden würde die Glocke den Anfang der Stunde verkünden. Mister Kiss stand da wie ein Kind, das seine Mutter im Gewühl des Einkaufszentrums verloren hat.

Marlene wollte zu ihm gehen, da tippte ihr jemand auf die Schulter. Jonas aus der 8a. Ein saucooler Typ, doch gerade jetzt passte es Marlene irgendwie nicht.

„Äh, ja?"
„Hi", brachte Jonas heraus. „Du hast mit Tim Schluss gemacht?"
Marlene nickte. Daran hatte sie im Augenblick gar nicht mehr gedacht. Warum interessierte Jonas das?
„Ich schmeiß heut Abend eine Party", fuhr Jonas fort. „Bin fünfzehn geworden. Da wollte ich dich einladen." Er sah zu Anna hinüber. Anna fand Jonas super, das wusste Marlene.
„Darfst auch jemanden mitbringen."
Marlene nickte. „Danke, gerne. Ich überleg's mir!"
Jonas zwinkerte ihr zu und schlenderte dann extra obercool ins Schulgebäude.
Marlene brauchte einen Moment, um sich zu fangen. Dann riss sie sich zusammen und ging zu Mister Kiss hinüber. „Hi, bist du neu hier?"
Mister Kiss lächelte gequält. Aber er schien froh, dass ihn jemand beachtete.
„Ja, äh, nein." Jetzt musste er lachen. „Eigentlich beides gleichzeitig. Ich war noch nie hier, aber ich bin kein neuer Schüler."
Anna kam Marlene nun zu Hilfe. „Sondern?"
„Ich wollte mich hier nur mal umsehen", murmelte Mister Kiss. Er konnte ja nicht wissen, dass die beiden die Wahrheit kannten.
Anna runzelte die Stirn. „Seltsames Hobby. Du siehst dir fremde Schulen an? Warum hast du überhaupt frei?"

Mister Kiss zuckte mit den Schultern. „Lehrerkonferenz, das ist mein Lieblingstag in der Schule."

Die Mädchen lachten. Marlene sah sich Mister Kiss genauer an. Im echten Leben gefiel er ihr noch besser als auf dem Foto bei Neue Liebe. Klar, er hatte sich eindeutig schick gemacht, um Sunflower zu beeindrucken. Aber bei den meisten Jungs, die Marlene kannte, ging so was schief. Die hatten einen Geschmack wie ein Pferd und zogen sich nicht viel besser an als der Bauer bei der Stallarbeit. Mister Kiss hingegen hatte den neusten Trend voll drauf. Ein Wunder, dass Mandy ihn sich nicht sofort geschnappt hatte …

„Aber eine Person kennst du hier, habe ich gesehen", platzte Marlene heraus.

Mister Kiss nickte. „Ja, äh, nein –" Er musste über sich selbst den Kopf schütteln. „Ich kenne das Mädchen aus 'nem Chat. Sie hat mir ihr Foto geschickt und mir geschrieben, wie ihre Schule heißt, aber irgendwie scheint sie davon nichts mehr wissen zu wollen."

Es klingelte. Außer den dreien war nur noch ein Schüler aus der Oberstufe auf dem Hof. Er hatte wohl den Bus verpasst und rannte nun in den Unterricht.

„Wir sollten auch gehen", drängelte Anna. „Doktor Magerfleisch mag es überhaupt nicht, wenn jemand zu spät kommt."

Mister Kiss nickte. „Na dann …"
Marlene ging auf den Eingang zu. Dann drehte sie sich noch einmal um. „Mandy ist übrigens in unserer Klasse. Wenn du willst, komm doch mit!"
Mister Kiss winkte ab. „Das geht doch nicht."
Anna zuckte mit den Schultern. „Warum nicht? Wir sagen einfach, du wärst ein Austauschschüler, dann ist das kein Problem."
Bevor Mister Kiss lange nachdenken konnte, hakten Marlene und Anna ihn einfach unter und zogen ihn mit zum Klassenraum. Zu ihrem Glück kam Doktor Magerfleisch genau in dem Augenblick, als sie gerade durch die Tür geschlüpft waren. So mussten sie keine Fragen ihrer Mitschüler beantworten. Anna lenkte Mister Kiss zur Tischreihe ganz hinten. Dort gab es drei freie Plätze nebeneinander.
„Was will der denn hier?", zischte Kaya. Marlene lächelte nur. Besonders genoss sie, dass Tim fast die Augen aus dem Kopf fielen. Sogar Mandy sah nun zu den dreien hin. Das Erscheinen von Mister Kiss blieb auf jeden Fall nicht unbeachtet.
„Guten Morgen!", grüßte Doktor Magerfleisch. „Wie ich sehe, haben wir einen neuen Mitschüler?"
Marlene stand auf. „Nein, eigentlich nicht. Er ist zu Besuch in Deutschland und wir wollten fragen, ob er heute im Unterricht dabei sein darf."
Der Mathelehrer nickte. „Hat er denn auch einen Namen?"

„Mister K…“, platzte Marlene heraus, biss sich dann aber auf die Unterlippe. „Mis… Mis… Miguel“, verbesserte sie sich schnell. „Und er kommt aus Spanien, äh, aus Lissabon!“

„Lissabon, ah, eine sehr schöne Stadt“, sagte Doktor Magerfleisch. Er sah Marlene ernst an. „Nur leider nicht in Spanien, sondern die Hauptstadt von Portugal.“

Marlene wurde knallrot. Wenn man schwindelte, sollte man alles wenigstens gut absprechen, merkte sie. Aber der Besuch von Mister Kiss war so überraschend gekommen, dass ihr Gehirn nur noch aus Matsch zu bestehen schien.

Ihr Lehrer wandte sich an den angeblichen Schüler aus Spanien. „¡Hola, Miguel! ¿Cómo estás?“

Mister Kiss verstand kein Wort. Von Spanisch hatte er offensichtlich nicht die leiseste Ahnung, denn er antwortete: „Yes, Sir!“

Das Gesicht von Doktor Magerfleisch wurde leicht rötlich. Er räusperte sich, dann ging er zur Tür und hielt sie auf.

Der falsche Miguel verstand, der Schwindel war aufgeflogen – was nicht besonders schwer gewesen war. Mister Kiss stand auf und ging nach draußen.

Marlene wäre am liebsten im Boden versunken, so sehr schämte sie sich. Diese Idee war so ziemlich die schlimmste, die ihr in den letzten dreizehn Jahren ihres Leben eingefallen war. Vor der ganzen Klasse und ihrem Lehrer stand sie wie die totale Vollidiotin da.

„Marlene, ich mag Späße", sagte Doktor Magerfleisch ernst. „Und auch über Streiche kann ich lachen, wenn sie gut gemacht sind. Aber das eben war weder das eine noch das andere. Du wolltest nur den Beginn der Stunde herauszögern. Und darauf reagiere ich sauer!"
Anna räusperte sich. „Um ehrlich zu sein kann Marlene gar nichts dafür", verteidigte sie ihre Freundin. „Der Junge hat uns vor der Schule angequatscht. In gebrochenem Deutsch. Er hat uns dann den Mist erzählt, den Marlene gerade wiederholt hat. Und wie Sie sehen, ärgert Marlene sich darüber am meisten."
Marlene blickte stumm auf die Tischplatte.
Doktor Magerfleisch schien zu grübeln, ob er Anna glauben sollte. Da meldete sich auch noch Mandy. „Ich kann das bestätigen", sagte sie. „Mich hat er auch doof angesprochen. Aber ich habe ihn einfach stehen lassen."
Doktor Magerfleisch nickte. „Okay. Und nun holt ihr bitte eure Hefte und Bücher aus den Taschen. Ich möchte beginnen, bevor die Sommerferien anfangen."
Alle lachten. Auch Marlene zwang sich zu einem Lächeln. Sie sah zu Mandy hinüber und die zwinkerte ihr zu.
Die Mathe-Doppelstunde wollte und wollte nicht enden. Nach fünf Ewigkeiten klingelte es dann doch noch. Anna und Marlene schlenderten auf den Hof. Dort angekommen, entdeckten sie Mister Kiss unter einem Baum sitzend. Gut gelaunt nuckelte er an einer Cola-Flasche.

Marlene zögerte, doch Anna stupste sie an. „Los!"
„Nee", zierte sich Marlene. „Der will doch gar nichts von mir. Der ist wegen Mandy hier."
Doch als Mister Kiss sie sah, winkte er schon von Weitem. Also ging Marlene hin. Anna im Schlepptau. Sie brauchte Beistand.
„Hi", grüßte Mister Kiss.
„Hi!", antwortete Marlene schüchtern.
Mister Kiss zeigte mit dem Kinn auf Anna. „Ist das dein Bodyguard?"
Anna lachte. „Nee, wohl eher eine Bodygärtnerin. Wie heißt du eigentlich richtig?"
„Nicht Miguel jedenfalls", antwortete Mister Kiss. „Rafael." Er hielt Anna die Hand hin. Anna reichte ihm ihre und Rafael zog sie neben sich auf die Wiese.
„Anna", sagte Anna.
„Und du?"
„Marlene. Darf ich mich auch setzen?"
Mister Kiss machte eine einladende Handbewegung, als wäre das vertrocknete Gras ein komfortables Sofa. „Unbedingt!"
Dann kam er auf die Sache mit dem ausländischen Schüler zurück. „Die Idee war ja ganz gut", lobte er. „Du hättest mich nur fragen müssen, was ich für Sprachen spreche. Bei Französisch hätte ich Doktor Speck an die Wand gelabert."
Anna und Marlene kringelten sich vor Lachen. „Mager-

fleisch!", verbesserte Marlene ihn. „Kannst du denn Französisch?"
„Oui!", antwortete Rafael. „Ma mère est française!"

Marlene verstand nur Bahnhof. Mit Französisch hatten sie gerade erst angefangen. Oui hieß ja – aber das hatte sie auch schon als Kleinkind gewusst.
Anna konnte ein bisschen mehr. „Deine Mutter ist Französin?"
Rafael nickte. „Oui!"
„Woher ist sie denn?", bohrte Anna nach. „Ich war ein paarmal am Atlantik im Urlaub."
Rafael begann zu erzählen. Schnell kamen sie von Frankreich auf andere Orte, in denen sie gerne mal Urlaub machen wollten, und sofort kam heraus, dass Marlene und er von den

gleichen Ländern träumten. Sie redeten und redeten. Rafael sah nicht einmal auf, als Mandy direkt an ihnen vorbeischlenderte – obwohl sie etwa zweihundert Mal vor ihnen auf und ab ging. Die Schulglocke ertönte viel zu früh, aber das war ja immer so.

Anna ging schon vor, sie war eben eine verdammt gute Freundin. So hatte Marlene noch einen Moment alleine mit Mister Kiss.

Sie standen sich gegenüber. „Die nächste große Pause ist um elf – bleibst du noch?"

Rafael sah Marlene tief in die Augen. Ihr war, als würde er direkt in ihr Herz blicken können. Im Moment schlug es sehr heftig. Die Pause war nur zwanzig Minuten lang gewesen. Noch nie hatte sich Marlene in so kurzer Zeit so gut mit jemandem unterhalten. Schon gar nicht mit einem Jungen. Und noch immer wusste Mister Kiss nicht, dass Sunflower vor ihm stand.

Als Rafael den Kopf schüttelte, wurden Marlenes Knie weich. Sie musste ihn wiedersehen!

„Tut mir leid", sagte er. „Ich habe heute Nachmittag ein Basketballspiel, auswärts. Um kurz nach eins fahren wir los."

Marlene überlegte. Wenn ihr jetzt nichts einfiel, gab es vielleicht keine Möglichkeit mehr, Rafael wiederzusehen.

„Wir könnten ja ...", sagten Rafael und sie wie aus einem Mund.

Beide lachten.

„Ja?", hakte Rafael nach. „Du zuerst!"

Marlene sah zu Boden. „Ich bin Sunflower", gestand sie. „Aber ich habe dir ein falsches Foto geschickt, weil ich mich zu hässlich fand. Mandy mag doch jeder Junge."

Rafael lächelte. „Was glaubst du, warum ich noch hiergeblieben bin? Mandy finde ich ziemlich daneben. Aber als du mich vor deinem Lehrer fast Mister Kiss genannt hast, hab ich alles geschnallt."

Marlene fiel ein Stein vom Herzen. „Dann weiß ich auch, wie's weitergeht!"

Freitag, Wochenende, Party bei Jonas! Marlene schlägt Rafael vor mitzukommen. Vorher können sie sich im Krokodil treffen. Hättest du dich auch so entschieden? Dann lies weiter auf Seite 124.

Vielen Leuten auf Jonas' Party möchte Marlene lieber nicht begegnen. Sie schlägt Rafael vor, mit ihr ins Kino zu gehen. Wenn du das auch so gemacht hättest, lies weiter auf Seite 118.

# Und Kuss!

Bei Tim hatte Marlene es immer unangenehm gefunden, wenn er mit ihr Händchen halten wollte. Irgendwie fühlte sie sich dann beobachtet. Jetzt aber hatte sie überhaupt nichts dagegen. Am liebsten hätte sie Rafael sogar noch näher an sich herangezogen.

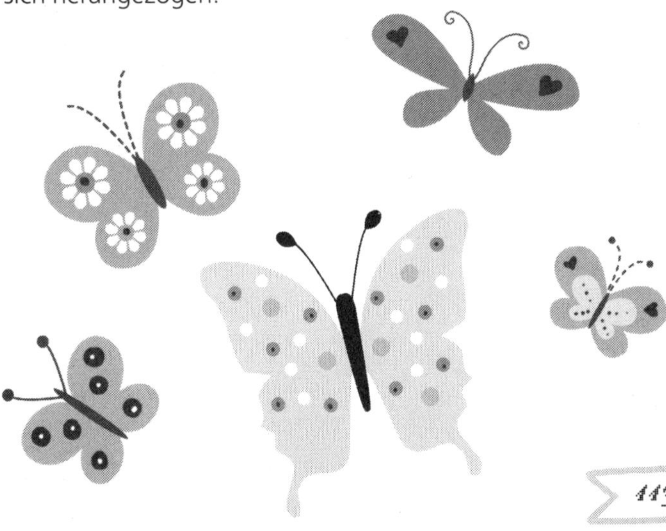

Rafael benahm sich total höflich ihr gegenüber. Er hatte die Eintrittskarten bezahlt und holte auch noch Popcorn und Cola. Als Marlene ihm Geld geben wollte, wehrte er ab.
„Du hast den Film ausgesucht, ich lade dich ein, ist doch gerecht."
Marlene grinste. „Stimmt. Das können wir gerne immer so machen!"
Vielleicht waren seine Eltern so reich, dass Rafael sich das locker leisten konnte? Marlene wusste ja außer seinem Namen noch fast nichts über ihn. Bevor der Film anfing, alberten sie noch eine Weile im Kino herum, und bei der Werbung erzählte Rafael dann von sich. Reich waren seine Eltern nicht, aber auch nicht arm. Trotzdem verdiente er sich sein Taschengeld schon selbst.
„Ich will das so", sagte er. „Dann kann ich mir wirklich kaufen, was ich will. Meine Eltern bezahlen schon genug für mich."
Rafael trug Zeitungen aus und kaufte für eine alte Nachbarin ein. „Manchmal vergisst sie, mir mein Geld zu geben", verriet er. „Dann erinnere ich sie auch nicht dran. Ich helfe ja gerne."
Marlene war beeindruckt. Rafael war nicht so oberflächlich wie die meisten anderen in seinem Alter. Die Gedanken, die er sich über das Leben machte, gefielen ihr. Und dass er einer alten Dame half, fand sie besonders gut.
Fast bedauerte Marlene es, als das Licht ausging. Aber dann

legte ihr Rafael seinen Arm um die Schultern. Marlene lächelte. Er hatte einen Pärchensitz ausgesucht, es gab keine störende Stuhllehne zwischen ihnen. Mit jeder Minute des Films zog er Marlene näher zu sich. Oder glitt sie von selbst immer tiefer in seine Arme? Vielleicht. Marlene fühlte sich wie im siebten Himmel. Ach was, wie im achten, neunten, zehnten! Es kribbelte in ihrem Bauch, als hätte sie ein Ameisensandwich gegessen.

Als sich die Schauspieler auf der Leinwand endlich küssten, beugte sich auch Rafael zu Marlene hinüber. Sie sah ihm tief in die Augen. Es war unglaublich romantisch.
Marlenes Kopf sagte: „Nein! Das geht zu schnell!"
Doch ihr Herz sagte: „Tu es! Wer war noch mal Tim?"
Marlene hörte auf ihr Herz. Sie küssten sich, lange und intensiv. Es war ein ganz anderes Gefühl als mit Tim. Marlene bekam kaum noch Luft, so schnell schlug ihr Herz. Mister Kiss hatte seinen Namen zu Recht gewählt. Er konnte wirklich wahnsinnig gut küssen!
„Willst du mit mir zusammen sein?", fragte Rafael. Marlene schaltete ihren Kopf aus. Jetzt hatte nur noch das Herz etwas zu sagen.
„Ja!", flüsterte sie.

Von diesem Abend an trafen sich Marlene und Rafael fast jeden Freitag im Kino. Oft bekamen sie nicht eine Minute der Handlung mit, weil sie so mit Küssen und Herumalbern beschäftigt waren. Blöd war nur, dass Rafael in der Nachbarstadt wohnte! Dazu kamen die Basketballspiele am Wochenende. Mit sechzehn kaufte er sich endlich einen Motorroller und war nicht mehr auf S-Bahnen und Busse angewiesen. Die beiden sind immer noch so glücklich wie am ersten Tag. Ihr Profil bei Neue Liebe hat Marlene neulich aus Spaß mal wieder aufgerufen. Über 2000 Nachrichten stapelten sich bei ihr! Rafael war deshalb ein bisschen sauer. Er hatte „nur" 458 Anfragen. Daraufhin haben beide ihren Account gelöscht. Eine neue Liebe? Das kann sich keiner von ihnen vorstellen.

Tim und Mandy waren noch etwa ein halbes Jahr zusammen, dann knutschte sie mit einem anderen im Kino. Anna hatte es gesehen, aber nicht verpetzt. Tim erfuhr es von Kaya – von wem sonst. Es gab tränenreiche Gespräche und Knutsch-Rückfälle auf jeder Party. Aber irgendwann war Tim mit Kaya zusammen – bis heute. Seitdem hat sie auch mit ihrer Lästerei aufgehört. Ob Tim ihr das ausgetrieben hat?

Ach ja, Anna! Sie ist seit Kurzem mit Jonas zusammen. Sie sprechen sogar schon davon, nach der Schule nach Frankreich auszuwandern. An den Atlantik. Jonas surft ja so verdammt gern. Ob sie das packen? Mal sehen …

Ende

# Supermodel

Zu sagen, Marlene wäre aufgeregt gewesen, hätte die Situation um Lichtjahre verfehlt. Ein Besuch im Kino mit dem Jungen, in den sie sich spätestens heute Morgen Hals über Kopf verknallt hatte, überforderte sie komplett!

Anna musste helfen. Zwei Stunden lang machte Marlene eine Modenschau in ihrem Zimmer. Alles, was den Test nicht bestand, wurde einfach auf den Boden geworfen. Bald schon sah es in Marlenes Zimmer aus wie beim Sommerschlussverkauf eine halbe Stunde nach Öffnung der Türen. Mit Müh und Not fand Marlene noch einen schmalen Streifen Teppich, auf dem sie wie ein Supermodel auf und ab stolzieren konnte.

„Nicht schlecht!", lobte Anna ungefähr zum dreiundzwanzigsten Mal. Doch Marlene hatte wieder etwas an ihrem Outfit auszusetzen. Sie zog das T-Shirt aus und feuerte es in die Ecke.

„Ich bin das ärmste Mädchen der ganzen Stadt!", jammerte sie theatralisch.

Anna nickte ironisch. „Klar, nur drei Verehrer in einer Woche – oder waren es vier?"

Marlene winkte ab. „Ach, Tim kannst du doch gar nicht mehr mitzählen. Der Typ hat sich so was von disqualifiziert!"

Anna zwinkerte ihrer Freundin zu. „Dann gibt es für ihn auch kein Re-Call?"

Marlene stöhnte auf. „Oh Gott, nein, ganz bestimmt nicht!" Sie kramte unter dem höchsten Stapel Klamotten eine schlichte schwarze Bluse hervor. Doch Anna schüttelte heftig den Kopf.

„Die ist zu brav. Du gehst ja nicht zu einer Beerdigung!"

Es dauerte noch dreißig weitere Minuten, bis Marlene sich für einen Look entschieden hatte.

„Weißt du was!?", platzte sie heraus. „Ich lasse mir ein T-Shirt drucken! Mit einem coolen Spruch drauf. Nur für ihn!"

Anna pfiff durch die Zähne. „Gute Idee. Und welchen Spruch?"

Marlene sah sie geheimnisvoll an. „Das erfährst du schon noch. Kommst du mit zum Kopierladen?"

Sie fummelte mit einem Messer in ihrem Sparschwein

herum, bis genug Geld herausgefallen war. „Das sollte reichen.“
Natürlich kam Anna mit. Es war Freitag und an Hausaufgaben und Vokabeln konnte man immer noch Sonntagabend denken. Sie konnten tun und lassen, was sie wollten, und diese Freiheit musste ausgekostet werden. Mit der besten Freundin an der Seite schmeckte sie doppelt gut!
Das T-Shirt bedrucken zu lassen, war gar nicht so teuer. Und im Laden gab es tatsächlich auch Shirts, die nicht wie alte Kartoffelsäcke an Marlene herunterhingen. Sie zog das neue T-Shirt gleich im Büro des Ladens an.
„Tatatata!“, posaunte sie, als sie um die Ecke sprang. „Na, wie findest du mich?“
Anna klatschte in die Hände.
Auf dem T-Shirt stand in dicken, schwarzen Buchstaben:

HELLO MISTER KISS!

Es passte einfach super – Rafael würde natürlich kapieren, dass er gemeint war. Alle anderen würden einfach nur über den Spruch lachen oder ihn

cool finden, und außerdem war es ein Einzelstück. Marlene war in der Vergangenheit schon oft genug stolz mit einem neuen Kleidungsstück in die Schule gegangen, nur um festzustellen, dass am Wochenende die halbe Klasse im gleichen Laden geshoppt hatte. Oft waren sie dann total verschämt wie Vierlinge herumgelaufen, bevor die Bluse oder das Kleid für immer im Schrank verschwunden war. Aber nicht mit diesem Shirt Marke Marlene!
„Teuer war es auch nicht", fand Marlene. „Ist sogar noch Geld für ein Eis übrig!"
Zwei Kugeln für jeden spendierte sie. Die hatte Anna sich aber auch echt verdient! Seit Montag war sie fast Tag und Nacht an der Seite ihrer Freundin. Sie hatte alle Krisen mit durchlebt, die Rückschläge, wenn Tim Marlene doch noch mal im Unterricht zugenickt hatte.
Jetzt war Zeit zum Feiern.
„Meinst du, ich sollte mich noch schminken?", fragte Marlene unsicher.
Anna lachte. „Du hast gerade gelbe Lippen vom Mango-Eis und rosa Tupfen auf der Wange von Himbeer. Ich würde sagen, damit bist du bunt genug!"

„Blöde Kuh!" Marlene kicherte. „Warum sagst du mir das

erst jetzt?" Sie holte ein Taschentuch aus ihrer Handtasche und wischte sich übers Gesicht.
Der Abend rückte näher. Marlene kochte noch eine Kleinigkeit für sich und Anna. Dann schickte sie ihren Eltern eine Nachricht.
„Darf ich dich als Alibi nehmen?", fragte sie Anna.
Diese war einverstanden.

*Hi, Mama. Bin mit Anna im Kino. Komme aber vor 22 Uhr nach Hause - wie immer. Kuss, Marlene*

„Das mit dem Kuss ist wichtig", erklärte sie Anna. „22 Uhr ist ja für mich echt spät. Zum Glück ist es dann noch hell, sonst dürfte ich trotz Kuss nicht."
Anna grinste. „Jaja, Eltern sind so leicht zu durchschauen …"
Sie begleitete Marlene noch bis zum Kino. Und das war auch nötig, denn Marlene war so aufgeregt, dass sie ohne ihre Freundin sicher in den Dönerladen oder die Eisdiele getapert wäre, um dort einen Film zu sehen.
Rafael wartete schon vorm Eingang. Er hatte sich auch ein bisschen schick gemacht. „Hi, Anna, kommst du auch mit?", wollte er wissen. „Ich habe nur zwei Karten geholt, aber …"
Anna winkte ab. „Danke, ich gehe noch zu einer Party. Aber euch viel Spaß!"
Sie küsste Marlene links und rechts auf die Wange.
„Schnapp ihn dir!", zischte sie ihr ins Ohr.

Marlene nickte und zwinkerte Anna zu. Ihrer besten Freundin.
„Cooles T-Shirt“, lobte Rafael. „Extra für mich gemacht?“
Marlene wurde ein bisschen rot. „Klar, so was Tolles gibt's nicht zu kaufen.“
Rafael legte ihr den Arm um die Schultern. „So wie dich …“

Händchen haltend geht
Marlene mit Rafael ins Kino.
Wenn du wissen möchtest,
wie es weitergeht, lies
weiter auf Seite 113.

# Party-fieber

Marlene schwebte beinahe durch die Straßen. Der Abend hatte im Krokodil super begonnen. Sie und Rafael hörten auch jetzt noch nicht auf herumzualbern. Doch das Schwierigste stand ihr noch bevor: Mister Kiss mit auf die Party von Jonas zu schleppen. Als Fremder irgendwo aufzutauchen, wo sich alle kannten, war sauschwer. Aber einen Fremden mitzubringen, war noch schwieriger.

Alle Augen waren auf Marlene gerichtet, als sie durch das Gartentor trat. Selbst die Musik schien einen Tick leiser zu werden. So als woll-

ten die Rapper nichts von dem verpassen, was Marlene den anderen erzählte.
„Hi!", begrüßte sie Jonas. Der Gastgeber küsste sie links und rechts. Jetzt erst fiel Marlene ein, dass sie gar nichts mitgebracht hatten. Shit, wie peinlich!
„Dein Geschenk ist nicht rechtzeitig fertig geworden", flunkerte sie.
Jonas winkte ab. „War ja auch etwas knapp mit der Einladung. Hauptsache, du, ähm, ihr seid da!"
Er und Rafael tickten die Fäuste gegeneinander. „Wie heißt du noch mal?"
Rafael nannte seinen Namen laut genug, dass ihn auch die Lauscher hören konnten. „Ich bin nicht von hier, aber mit der S-Bahn sind es nur ein paar Stationen."
Jonas nickte. „Dann kommt mal an die Bar. Wir haben die coolsten Säfte hier, sogar Mango und Papaya – keine Ahnung, wo mein Vater die aufgetrieben hat."
Außerdem gab's ausgefallene Cola und anderes Zuckerwasser. Marlene spürte, wie Jonas sie ansah. Klar, er tat Rafael gegenüber cool, aber sie hatte den Eindruck, dass er ihn am liebsten rausgeschmissen hätte. Anna hatte Recht, merkte Marlene. Jonas stand voll auf sie.
„Was zu essen gibt's da hinten", sagte er noch. Dann verschwand Jonas, um neue Gäste zu begrüßen.
Immer neue Leute kamen. Die meisten von ihnen kannte Marlene, zumindest vom Sehen. Aus ihrer Klasse waren ein

paar Mädchen da, aus der 7b auch einige. Dazu bestimmt die halbe achte Stufe und ein paar Neuner. Insgesamt achtzig bis hundert Leute.

Die Eltern von Jonas waren ins Kino verschwunden. Unter anderen Umständen wäre das für Marlene sicher die Party des Jahrhunderts gewesen. Das Wetter war genau richtig, bunte Lampen und klasse Musik sorgten für Stimmung und auch das Essen war erstklassig.

So aber fühlte sie sich unfrei. Insgeheim ärgerte sie sich, dass sie nicht mit Rafael im Krokodil geblieben war. Hier auf der Party konnte sich Marlene weder richtig mit ihm unterhalten, das gab dann gleich Gerüchte. Und mit ihren Freunden aus der Schule konnte sie auch nicht rumalbern wie sonst, das hätte Rafael ausgeschlossen.

Es kam ihr vor, als würden die anderen sie und besonders Rafael mit ihren Blicken durchbohren. Mandy und Tim standen in einer Ecke. Das wunderte Marlene. Jonas konnte Mandy auf den Tod nicht ausstehen. Sicher hatten die beiden sich einfach dreist selbst eingeladen. Sie knutschten aber nicht, hielten nicht mal Händchen. Irgendetwas musste vorgefallen sein. Es roch nach Streit. Und dann schien auch noch die Stimmung zu kippen. Zwei von Jonas' Freunden hatten eine Kiste Bier auf die Party geschmuggelt. Sie schwankten schon ordentlich und fanden es superlustig, wenn sie sich auf die Tanzfläche fallen ließen.

„Noch eine Flasche und die sind hin", murmelte Rafael.

Zum Glück tauchte um halb neun endlich Anna auf. Mit ihren Sprüchen besserte sie die Laune ihrer Freundin wieder auf. Trotzdem waren drei Hits hintereinander nötig, um Marlene auf die Tanzfläche zu locken. Rafael nahm ihre Hand und wollte sie mitziehen. Doch sosehr sie Mister Kiss mochte, Marlene zog ihre Hand zurück. Die anderen glotzten schon genug. Besonders Mandy und Tim. Und sie tuschelten die ganze Zeit.

„Entschuldigung", murmelte Rafael. „Ich wollte dich nicht so überfallen."

Marlene nickte. Sie versuchte zu tanzen, doch sie war viel zu verkrampft. Locker sah das mit Sicherheit nicht aus, eher wie nervöse Zuckungen. Dann hängte sich auch noch einer der Bier-Jungs wie ein nasser Sack an ihre Schulter.

„Hey, Malli!“, grölte er ihr ins Ohr. „Wer is 'n der Schönling da?“

Marlene schob seine Hände weg, aber der Kerl blieb aufdringlich.

„Hau ab!“, herrschte sie ihn an. Als er nicht gehorchte, verließ Marlene die Tanzfläche und mixte sich einen Cocktail: Ananassaft, Orangensaft, Kokosmilch und eine ausgepresste Limette. Der super Geschmack brachte ihr die gute Laune zurück. Anna tanzte heiß mit Rafael, aber Marlene war kein bisschen eifersüchtig. Sie wusste, dass Anna niemals etwa tun würde, was ihr wehtat.

„Kerle kommen und gehen“, sagte Anna immer. „Aber wir zwei bleiben ewig zusammen.“ Bisher hatte es geklappt.

Dann aber begann Mandy sich seltsam zu benehmen. Mit einem quietschrosa Cocktail in der Hand tänzelte sie durch den Garten, warf den Kopf zur Musik hin und her und wackelte mit dem Hintern. Es war nicht zum Hinsehen. Die Jungen jedoch waren da wohl anderer Meinung. Fast alle stießen sich gegenseitig an und zeigten auf Mandy. Die dumme Kuh hatte es wieder mal geschafft, alle Aufmerksamkeit auf sich zu lenken.

Rafael versuchte zu fliehen, aber Mandy stellte sich ihm immer in den Weg und lachte dämlich wie eine Kuh am Sonntag.

Tim beobachtete das Ganze genauso schlecht gelaunt wie Marlene.

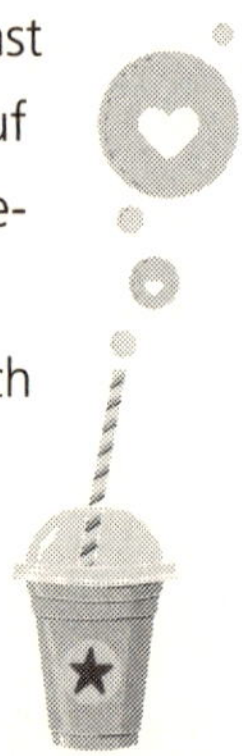

Jemand hielt ihr einen Teller mit Nudelsalat hin. Es war Anna. Wer sonst?

„Was ist los?", fragte sie.

Marlene verdrehte die Augen. „Blöde Frage! Erst nimmt sie mir Tim weg und jetzt ..." Sie zeigte zur Tanzfläche, wo Mandy gerade Rafael die Arme um den Hals legte und die Hüften kreisen ließ, als hätte sie einen Käfer in der Poritze.

Anna sah gar nicht erst hin. „Und jetzt?"

Marlene drängelt Mandy zur Seite. Sie nimmt Rafael an die Hand und zieht ihn aus dem Garten. Dann hauen sie ab ins Kino. Findest du, dass Marlene das genau richtig gemacht hat? Dann lies weiter auf Seite 113.

Marlene hat genug gesehen. Rafael ist genauso wie die anderen Jungen. Sie nimmt allen Mut zusammen und geht zu Tim. Willst du wissen, was als Nächstes passiert? Dann lies weiter auf Seite 139.

# Mandy, Mandy

„Scharf auf Mandy?"

Marlene stand vor Mister Kiss und tat ganz cool. Sie hatte ja Anna neben sich, da traute sie sich fast alles.

Der Junge drehte sich zu ihnen um. Er hörte auf, sich die Wange zu reiben, und musterte die beiden Mädchen.

„Weiß nicht mehr so genau", gestand er. „Eigentlich dachte ich, sie würde sich über meinen Überraschungsbesuch freuen."

Anna räusperte sich. „Woher kennt ihr euch denn?"

Mister Kiss sah zum Himmel. „Das ist eine längere Geschichte. Sagen wir so: Eigentlich kennen wir uns gar nicht. Nur aus dem Internet. Wir sind beide in so einem Chat, wo man coole Leute für Partys kennenlernen kann."

Anna knuffte Marlene in die Seite. Die reine Wahrheit sagte er nicht. Kein Wort über Neue Liebe.

Marlene steckte die Hände in die Hosentaschen. „Und warum begrüßt sie dich dann so seltsam?"
Mister Kiss zuckte mit den Schultern. Marlene musste zugeben, dass er verdammt gut aussah. Außerdem wirkte er nett. Er war ideal, um Tim eins auszuwischen.
„Keine Ahnung!", gab er zu. „Vielleicht war mein Begrüßungskuss doch etwas zu voreilig. Immerhin haben wir uns noch nie in echt gesehen …"
Die Schulglocke läutete. Jetzt blieben noch genau zwei Komma drei Sekunden, um pünktlich in den Klassenraum zu kommen. Ansonsten drohte ein Eintrag ins Klassenbuch.
„Wir müssen", entschuldigte sich Marlene. „Mandy ist in unserer Klasse. Sollen wir ihr irgendwas ausrichten?"
Mister Kiss verzog das Gesicht. „Besser nicht. Ich haue jetzt ab und lasse sie in Ruhe."
Anna schubste Marlene an. Was das bedeuten sollte, war klar: Lass ihn nicht gehen!
„Ähm, äh, warum wartest du nicht bis zur Pause?", stammelte Marlene. „Wir reden mal mit Mandy. Sie ist eine gute Freundin von uns."
Gute Freundin? Die Lüge kam Marlene nur schwer über die Lippen.
Anna nickte. „Du kannst ja im Café Cool warten, das ist gleich um die Ecke!"
Mister Kiss sah auf sein Handy. „Okay, der nächste Zug fährt sowieso erst um kurz nach zwei."

Marlene strahlte. „Dann um elf wieder hier, okay?"
„Topp! Bin gespannt, was ihr hinkriegt."
„Wie heißt denn du überhaupt?", hakte Anna noch nach.
„Rafael", murmelte Mister Kiss. Er tippte bereits *Café Cool* in sein Handy, dann folgte er der Wegbeschreibung.
Anna und Marlene rannten die Flure entlang. Sie waren diese Woche bereits zweimal zu spät gekommen. Langsam würde auch ein so lässiger Lehrer wie Doktor Magerfleisch die Geduld mit ihnen verlieren und ihre Eltern anrufen.
Doch sie hatten Glück. Ihr Mathelehrer stand noch mit einer Kollegin vor dem Klassenzimmer und diskutierte über eine Vertretungsstunde, die er nicht halten konnte. Unbemerkt schlüpften Marlene und Anna in die Klasse.
Wie konnte man Mandy dazu bringen, sich mit Mister Kiss zu unterhalten? Man musste es ihr verbieten, das war der einzige Weg. Und der führte über Kaya, die Klatschtante. Also schrieb Marlene unter der Bank einen Brief.

*Hey Anna, hast du den Typ gesehen, dem Mandy eine geknallt hat? Ich habe ihn gleich erkannt. Halt dich fest: Er ist der Sänger der Band Mister Kiss! Und ich habe ein Date mit ihm, gleich in der großen Pause.*
*Voll aufgeregt!*
*M.*

Marlene knickte den Zettel zweimal, malte einen Totenkopf auf die Oberseite, schrieb *Anna!* drauf und schickte ihn auf die Reise. Anna und sie waren vor zwei Wochen auseinandergesetzt worden. Wegen andauerndem Schwatzen. Jetzt zahlte sich das tatsächlich aus. Um zu Anna zu gelangen, musste der Brief durch die Hände von Kaya, und die saß hinter Mandy. Marlene musste ihn nicht mal die ganze Zeit mit den Augen verfolgen. Sie hörte am nervösen Stuhlrücken, wann er bei Kaya angekommen war. Einen Sekundenbruchteil später raschelte es: Kaya las die geheime Nachricht.

Marlene zwinkerte Anna zu. Anna gab ihr einen kaum sichtbaren Check quer durch den Klassenraum. Wenn Mandy jetzt nicht anbiss, wollte sie wohl übermorgen ins Kloster eintreten.

Marlene sah aus dem Augenwinkel, was neben ihr passierte. Kaya beugte sich nach vorn und tuschelte etwas zu Mandy hinüber. Mandy war nicht ihre Freundin, Kaya hatte keine Freundinnen. Montag noch hatte sie Mandy an Marlene verraten, wenn auch aus Versehen. Jetzt schmiss sie sich an die Klassenschönste heran wie ein Hund, der um einen Knochen herumschleicht. Mandy nahm etwas von Kaya entgegen, wieder raschelte Papier.

Marlene machte die Augen zu und grinste innerlich.
„Marlene, schläfst du?“, raunzte Doktor Magerfleisch. „Dann muss ich dich wohl wieder aufwecken. Komm doch bitte mal an die Tafel.“
So dicht lagen Triumph und Blamage beieinander! Ihr Lehrer quälte Marlene mit den schwierigsten Aufgaben. Sie rechnete und rechnete, bis die weiße Kreide in ihren Fingern nur noch so lang war wie ein Gummibärchen. Als Doktor Magerfleisch fertig verbessert hatte, war auch die rote Kreide fast aufgebraucht.

„Du denkst zu viel an andere Dinge, wenn du im Unterricht sitzt, Marlene", rügte er.
„Das stimmt!", hätte Marlene fast gerufen. „Da draußen ist Mister Kiss!" Aber das tat sie natürlich nicht. Sie schlich zu ihrem Platz zurück. Tim sah sie mitleidig an. Das gab ihr einen Stich ins Herz. Tim war verdammt süß. Vielleicht konnte sie ihm doch verzeihen?
Der Rest der Stunde zog sich wie Kaugummi. Marlene gab sich wirklich alle Mühe, Doktor Magerfleisch zu verstehen. Doch ihre Gedanken drehten sich nur um Tim, Mister Kiss und Mandy.
Als es endlich zur Pause gongte, nahm der Druck in ihrem Magen jedoch nicht ab, sondern zu. Tim ging zu Mandy, sie aber wand sich wie ein Aal aus seiner Umarmung und stürzte mit Kaya aus dem Raum. Tim blieb bedröppelt stehen.
„Eins zu null für dich!", raunte Anna ihrer Freundin ins Ohr. „Der Fisch hat angebissen!"
Marlene konnte sich nicht recht darüber freuen. Erstens machte ihr Tims Anblick ein schlechtes Gewissen. Und zweitens fand sie Mister Kiss selbst zu spannend, als dass sie ihn Mandy einfach so überlassen wollte. Sie nahm ihren Joghurt aus dem Rucksack und schlenderte mit Anna nach draußen auf den Hof.

Da stand tatsächlich Rafael mit Mandy. Sie spielte die Masche schüchternes Dummchen. Oder kam es Marlene nur so vor? Mandy lachte künstlich, riss die Augen auf und wackelte mit dem Hintern. Es war zum Brechen – doch genauso hatten sie es ja geplant.
Tim stand mit Robert und Mirko am Colaautomat und tat so, als ginge ihn die Sache nichts an. Sie verarschten Fünftklässler und fanden sich dabei irre cool. In Wirklichkeit aber wäre er wahrscheinlich am liebsten zu Mandy gelaufen und hätte dem Typ vor ihr eine reingehauen.
Rache war süß – schmeckte Marlene aber überhaupt nicht.
„War 'ne Scheißidee", knurrte sie und warf ihren halb vollen Joghurtbecher in den Mülleimer.
„Wieso?", wunderte Anna sich. „Klappt doch alles."
„Aber ich bin nicht der Rache-Typ", widersprach Marlene. „Anderen eins auszuwischen finde ich ätzend. Ja, am Montag hätte ich Tim am liebsten erwürgt. Aber jetzt tut er mir leid."
Anna riss die Augen auf. „Soo? Schlägt dein kleines Herz etwa noch für ihn?"
Marlene zuckte mit den Schultern. „Weiß nicht. Ein bisschen vielleicht. Jedenfalls finde ich es doof, wenn er meinetwegen leidet."
Sie sahen zu Rafael. Er redete mit Händen und Füßen auf Mandy ein. Die beiden schienen sich prächtig zu verstehen. Aber das gefiel Marlene auch nicht. Als es zur dritten Stunde

klingelte, gab er Mandy einen Schmatz auf die Wange. Die tänzelte davon, drehte sich noch zweimal um und vergewisserte sich, dass der Sänger von Mister Kiss ihr auch wirklich nachsah.
Kaum war sie im Schulgebäude verschwunden, kam Rafael zu Anna und Marlene. „Das ist ja vielleicht eine." Dieser Kommentar konnte alles bedeuten. Marlene sagte nichts.

Mister Kiss stupste sie an. „Hey, eifersüchtig?"
Marlene stieß zischend die Luft aus. „Tsssä!"
Während sie noch darüber nachdachte, was besser wäre, abhauen oder Rafael eine reinhauen, stand Jonas vor ihnen. Er war eine Stufe drüber, in der achten Klasse. Anna war fest davon überzeugt, dass Jonas auf Marlene stand. Sie selbst hatte davon allerdings noch nichts mitbekommen. Während sie mit Tim zusammen war, hatte sie auf so etwas auch nicht geachtet. Aber jetzt?
„Ich feiere heute Abend meinen Fünfzehnten", quatschte Jonas sie an. „Wäre cool, wenn ihr meine Party bereichern würdet. Wir feiern bei mir im Garten."
Als Jonas gegangen war, musste Marlene eine Entscheidung treffen.

Sie hört auf, die Coole zu spielen. Sie bittet Rafael, mit ihr zur Party zu kommen. Treffpunkt Krokodil. Wenn du das für die richtige Entscheidung hältst, lies weiter auf Seite 124.

Sie schlägt Rafael vor, mit Mandy zur Party zu gehen. Dann kann Marlene immer noch entscheiden, ob sie ihn heute Abend näher kennenlernen will oder nicht. Hättest du das auch so gemacht? Dann lies weiter auf Seite 152.

# Welt ohne Tim?

Es kostete Marlene einige Überwindung, Tim anzusprechen. Er hatte ihr Herz gebrochen. Einfach so im Vorbeigehen. Dazu kam noch die Demütigung, es ausgerechnet von Kaya zu erfahren! Jetzt aber schienen sie Leidensgenossen zu sein. Mandy tanzte mit Rafael. Und ihr Tanz wurde immer heißer, die beiden kamen sich näher und näher. Als der DJ ein Liebeslied auflegte, pfiffen und grölten alle. Mandy legte die Arme um Mister Kiss – und der ließ es geschehen. Marlene wandte sich ab und ging zu Tim.

„Wieso hast du das gemacht?“, wollte sie von ihm wissen.

Tim hatte ebenfalls genug gesehen. Er stand in der hintersten Ecke des Gartens neben dem Büfett. Sein Teller war randvoll, die Gabel steckte seit einer halben Stunde im Nudelsalat. Er kriegte keinen Bissen runter.

„Was …?“, nuschelte Tim. Aber sein Blick verriet, dass er genau wusste, was Marlene meinte. Seine Knutscherei im Kino mit Mandy. Und den Rest natürlich: das Händchenhalten, das pausenlose Umarmen, das ganze alberne Getue.

„Weiß auch nicht", murmelte er.

Marlene merkte, wie sie wütend wurde.

„Pass mal auf, Tim!", schnauzte sie ihren Ex an. „Du hast mich vor der halben Schule lächerlich gemacht. Und mehr als ‚Weiß auch nicht' fällt dir nicht ein?"

Tim stocherte in seinem Salat herum.

„Ich kann's dir nicht erklären, habe ich gemeint", fuhr er fort. „Das ging irgendwie alles wie von alleine. Ich hatte nicht vor, dich zu betrügen, und dich zu verlassen schon mal gar nicht." Er senkte den Kopf und betrachtete seine Schuhe, als würde er sie zum ersten Mal sehen.

„Mandy hat mich irgendwie verhext. Ich konnte an nichts anderes mehr denken als an sie."

Er sah Marlene an. „Aber nur zwei Tage lang, dann fing ich an, alles zu bereuen. Ich wollte dich nicht verletzen, dafür bedeutest du mir zu viel!"

Marlene fühlte einen Stich im Herzen. Die ganze Woche über hatte sie sich selbst überreden wollen, Tim doof zu finden. Ihn nicht mehr zu lieben. Ihn zu verabscheuen. Jetzt merkte sie, dass das alles nur Selbstschutz gewesen war. Ihr Herz hatte die Stunden mit Tim nicht vergessen.

„Du hast alles kaputt gemacht", presste Marlene hervor. „Ich habe mich mit dir so wohlgefühlt." Sosehr Marlene auch schluckte, es half nichts. Eine Träne lief ihr die Wange herunter. Und dann noch eine und noch eine.

Tim wirkte wie erstarrt. Dann stellte er den Teller ab und nahm eine Serviette. Vorsichtig tupfte er Marlene das Gesicht trocken. Das war gar nicht so leicht, denn jetzt weinte Marlene umso mehr. Sie merkte, wie sehr sie sich die ganze Woche über nach einer Berührung von Tim gesehnt hatte.

„Es tut mir leid", stammelte Tim. „Es tut mir so leid. Ich wollte das alles nicht."

Immer zarter tupfte er Marlenes Tränen ab. Als die Serviette völlig durchnässt war, zog er ihren Kopf an seine Schulter. Das T-Shirt roch nach Tim. Himmel! Wie hatte Marlene diesen Geruch vermisst!

Tims Hand strich über Marlenes Haare. Nicht beiläufig und nebenbei. Es fühlte sich an, als ob er jedes einzelne Haar liebkosen wollte.

„Ich wünsche mir nichts mehr, als das alles rückgängig zu machen", flüsterte er.

„Das kannst du aber nicht", schniefte Marlene und musste noch mehr weinen.

„Ich weiß!", antwortete Tim leise. „Aber ich kann mich entschuldigen. Und versprechen, dass ich dir von nun an immer treu sein werde."

Marlene schluckte.

„Ich will nur dich, das ist mir in den letzten Tagen klar geworden“, gestand Tim. „Vor Mandy habe ich es für selbstverständlich gehalten, mit dir zusammen zu sein. Aber jetzt weiß ich, was für ein großes Geschenk das ist. Wenn du mir verzeihst, dann … dann werde ich mich echt ändern …“

Er hob Marlenes Kinn, sodass sie ihm in die Augen sehen musste. „Lass uns verschwinden. Wir haben hier nichts verloren.“

Marlene war sprachlos. Tim hatte all die Wochen, in denen sie mit ihm zusammen gewesen war, nie über ihre Beziehung gesprochen. Sie waren eben ein Paar, fertig. Jetzt öffnete er ihr sein Herz. Zeigte seine Gefühle, gestand ihr seine Liebe.

„Ich weiß nicht, ob ich dir so schnell wieder vertrauen kann“, antwortete Marlene. „Du hast mir sehr, sehr wehgetan.“

Etwas Nasses sickerte auf ihre Kopfhaut. Tim weinte auch.

„Das weiß ich“, murmelte er. „Und das tut auch mir sehr weh. Wenn du mich jetzt hasst, verstehe ich das und …“

Marlene sah sich um. Mister Kiss und Mandy standen unter einem Baum und knutschten. So ein Idiot! Und Marlene hätte ihn beinahe toll gefunden! Jetzt wusste sie, dass all die verrückten Gefühle in dieser Woche falsch gewesen waren. Nur ein Schutzpanzer gegen ihre

wahren Empfindungen. Tim war der Einzige für sie. Immer gewesen. Und selbst als er sie so schlimm verletzt hatte, hatte das nicht aufgehört.

„Wir müssen es versuchen“, machte Marlene Tim Hoffnung. „Mädchen wie Mandy werden nie glücklich sein. Aber wir können es. Ich brauche nur Zeit.“

Tim nickte. Er nahm Marlenes Hand und zog sie hinter sich her. Aus dem Garten und auf die Straße. Auf einem verlassenen Spielplatz setzten sie sich ganz oben in das Rutschenhäuschen und redeten. Zuerst über Mandy, dann über Mister Kiss, später über die Zeit, die sie bisher zusammen gehabt hatten. Was schiefgelaufen war. Was besser laufen musste. Welche Wünsche Marlene hatte, wie Tim sich ihre Beziehung vorstellte.

Um halb elf brachte Tim Marlene nach Hause – das hatte er bisher noch nie gemacht. Sonst hatte er sich immer verabschiedet und war in seine Richtung verschwunden.

„Meinst du, wir können es schaffen?“, fragte er mit zitternder Stimme.

Marlene wollte antworten, aber dann drückte sie Tim einen Kuss auf den Mund. Nur kurz, sie brauchte wirklich noch Zeit. Aber schon diese leichte Berührung ihrer Lippen ließ ein Feuerwerk in ihrem Bauch explodieren. Tim war der Richtige, das spürte sie ganz eindeutig.

„Bis Montag“, verabschiedete sie sich mit zittriger Stimme.

Tim hielt sie fest. „Können wir uns nicht morgen treffen?“

„Willst du da nicht zum Fußball?“, fragte Marlene.
Tim winkte ab. „Die Mannschaft kommt auch mal ohne mich klar. Aber ich nicht ohne dich!“
Marlene sagte nichts mehr. Sie küsste Tim. Und diesmal nicht so flüchtig.

Marlene und Tim sind immer noch zusammen. Der Ausrutscher mit Mandy, wie die beiden es nennen, hat sie erst richtig zusammengeschweißt. Tim weiß nun, was er an Marlene hat und wie sehr er sie liebt. Marlene hat ihr Vertrauen wiedergefunden. Selbst wenn Tim alleine mit seinen Freunden unterwegs ist, hat sie keine Sorgen, dass er wieder Mist baut. Sie reden oft über ihre Gefühle und kommen sich jeden Tag ein bisschen näher. Meistens tauchen sie sowieso als Kleeblatt bei den Partys oder nachmittags im Krokodil, Café Cool oder dem Tick auf. Anna ist nämlich seit einem halben Jahr mit Samir aus der 8a zusammen. Kurz hatte sie etwas mit Jonas, aber nur, bis Samir sich richtig um sie bemühte. Die Trennung von Jonas war für beide schwer, aber mittlerweile reden sie wieder miteinander und sind fast so etwas wie Freunde.

Mandy ist von Mister Kiss schnell zum nächsten weitergewandert. Nachdem Marlene sie wochenlang hasste, hat sie nun sogar Mitleid mit ihr. Mandy schafft es einfach nicht, mit einem Jungen glücklich zu sein. Aber Marlene drückt ihr die Daumen. Jeder Mensch auf der Welt hat es verdient, den richtigen Partner zu finden. Und irgendwo wartet auch jemand auf Mandy, da sind sich Anna und Marlene sicher.

Ende

Yannick wehrte sich nur zum Schein ein bisschen.
„Ich? Tanzen?“, beschwerte er sich lachend. „Dann zieh dir besser Schuhe mit Stahlkappen an – sonst sind deine Zehen platt!“
Aber dann kam er doch mit auf die Tanzfläche. Da wirbelte er ganz schön herum und Marlene musste sich ein paarmal den Bauch halten, so witzig sah er dabei aus. Doch er war immer im Rhythmus. Als sich Marlene an seinen Stil gewöhnt hatte, machte es richtig Spaß, mit ihm zu tanzen. Sie tanzten mindestens fünf Songs in Folge. Sicher wären sie noch länger auf der Tanzfläche geblieben, wenn nicht Mister Kiss und Mandy eine Riesenshow abgezogen hätten. Mandy tanzte so übertrieben, als würde sie für den Schlampenwettbewerb üben. Sie tat Marlene inzwischen nur noch leid. Und dass sie selbst sich fast in Mister Kiss verliebt hätte, war unfassbar!

Es konnte nur daran gelegen haben, dass ihr Herz gebrochen war. Jetzt war Yannick kurz davor, es wieder zusammenzukleben.

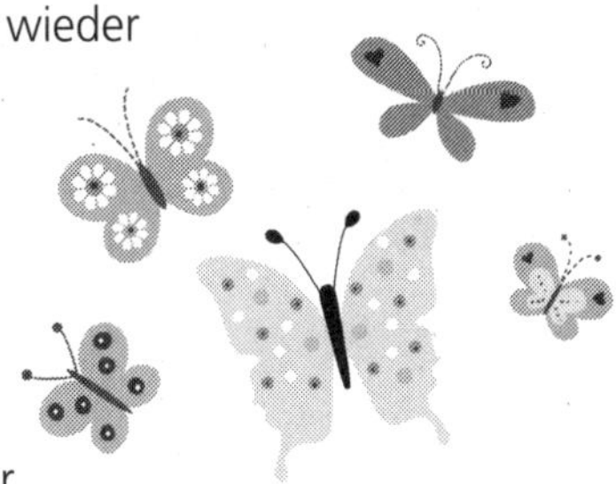

„Eistee?", fragte Yannick und zwinkerte ihr zu. Marlene wischte sich den Schweiß von der Stirn.

„Unbedingt!", japste sie. Das letzte Lied hatte die Luft komplett aus ihrer Lunge gesaugt. Jetzt war es Zeit, sich auszuruhen.

Als Yannick zu den Getränken verschwunden war, holte Marlene schnell ihren Deoroller aus der Handtasche und trug eine neue Schicht Frühlingsduft auf. Der Abend war schließlich noch längst nicht zu Ende und sie wollte noch einige Runden mit Yannick tanzen.

Yannick kam zurück und winkte Marlene zu sich. Sein Gesicht sah aus, als hätte er eben den besten Witz der Welt gehört. Marlene wollte nachfragen, doch er legte den Finger auf den Mund.

Yannick führte Marlene zu dem Tisch, auf dem die Getränke aufgebaut waren, und von dort zur Garage. Marlene biss sich vor Überraschung auf die Lippen. Dort standen Anna und Lando. Sie hatte sich eng umschlungen und knutschten, als wenn es kein Morgen gäbe.

Yannick stupste Marlene an. Sie kicherten. Marlene freute sich für Anna. Wer hatte das große Glück verdient, wenn nicht ihre beste Freundin? Anna hatte sich die ganze Woche für sie aufgeopfert, Gespräche geführt und sich Marlenes ewig gleichen Sätze angehört. Jetzt hatte sie die Gelegenheit beim Schopf gepackt. Und die Gelegenheit hieß Lando.
Yannick zog Marlene vom der Garage weg. „Lassen wir sie mal ein Stündchen alleine. Oder auch zwei."
Marlene lächelte. „Und was machen wir beide in der Zeit?"
Yannicks Gesicht wurde ernst. Er sah Marlene an. So als hätte er auf nichts anderes gewartet als diese Frage.
Er legte einen Arm um ihre Schulter und küsste sie. Zuerst vorsichtig, dann etwas stürmischer. Marlene wehrte sich nicht. Warum auch? Yannick gefiel ihr. Und er hatte ganz sicher nicht nur Basketball im Kopf … Marlene hatte ihm schon ein paarmal beim Training zugesehen – und es waren nicht seine Drei-Punkte-Würfe, die sie interessierten. Yannick spielte als Power-Forward, so etwas wie der Mittelstürmer im Fußballteam.
„Du bist schnell und wendig", neckte Marlene ihn. „Das hast du auf dem Platz gelernt, stimmt's?"
Yannick lächelte. „Stimmt. Und du musst an deiner Verteidigung arbeiten."
Marlene schüttelte den Kopf. „Überhaupt nicht! Durch meine Abwehrreihe kommt nur jemand durch, wenn ich es zulasse."

Yannick sah ihr tief in die Augen. „Dann hast du also Pläne mit mir?"

Marlene zuckte mit den Schultern. „Kommt darauf an, ob du Schrittfehler machst." Sie holte ihr Smartphone aus der Handtasche. Es war kurz nach zehn Uhr. „Der nächste erlaubte Schritt wäre, mich nach Hause zu bringen. Mein Trainer erwartet mich nämlich gleich zurück."

Yannick lachte. Seine Augen glänzten verliebt, ach, sein ganzes Gesicht! „Wollen wir uns noch schnell von Anna und Lando verabschieden?", fragte er und legte seinen Arm um Marlenes Hüfte.

Marlene schüttelte den Kopf.

„Ich schicke ihr gleich eine Nachricht, damit sie pünktlich zu Hause ist. Lando ist ja sicher so gut erzogen wie du und bringt sie, oder?"

Yannick nickte. „Bestimmt! Da sind wir altmodisch wie die Ritter. Wer seine Freundin nicht begleitet, hat sie nicht verdient!"

Das Letzte, was Marlene sah, als sie die Party verließ, war Tim. Ihr Ex hockte wieder in einem der Liegestühle und redete mit einem Mädchen aus der 7c. Marlene kannte ihren Namen nicht. Es war auch nicht wichtig. Alles, was wichtig war, hatte sie hier im Arm.

Yannick bekam noch oft die Gelegenheit, Marlene nach Hause zu bringen. Die beiden sind seit der Party bei Jonas ein Paar. Weil ihre Mannschaften oft gemeinsam zu Turnieren fahren, sind sie auch am Wochenende häufig zusammen. Sogar Waldläufe machen ihnen jetzt Spaß, weil sie sich gegenseitig zu neuen Bestzeiten anspornen.
Marlene fiel es anfangs schwer, in der Klasse von ihrem Glück mit Yannick zu erzählen. Tim hatte sie verletzt, klar, aber Marlene fand es doof, ihn dafür weiter zu bestrafen. Zwei Monate später war Tim mit dem Mädchen aus der 7c zusammen, doch bevor sich Marlene ihren Namen merken konnte, war der Käse schon wieder gegessen. Trotzdem redet sie jetzt

ganz offen über Yannick und ihre Verabredungen. Da muss Tim eben durch.
Anna und Lando sind ebenfalls noch zusammen. Anna spart sogar schon Geld, denn gleich an ihrem achtzehnten Geburtstag will sie mit Lando zusammenziehen. Das könnte glatt klappen, auch wenn es noch ein paar Jahre hin ist. Die zwei hängen wie Zwillinge zusammen. Nur eben knutschende Zwillinge.
Mandy ist wie verwandelt. Mister Kiss hat sie scheinbar gezähmt, und sie ist ihm so treu, dass nicht mal Kaya etwas zu lästern weiß. Und das alles nur, weil Marlene sich verflixt verchattet hat. Mit Mandys Foto. Ob die beiden überhaupt ahnen, wem sie ihre Beziehung zu verdanken haben? Sicher hat Mister Kiss ein paarmal bei Neue Liebe nachgefragt. Doch Marlene hat nie geantwortet. Seit Yannick zwei Wochen in den Herbstferien geschuftet hat, um ihr einen sündhaft teuren Ring zu schenken, hat sie ihr Profil im Chat gelöscht. Marlene ist sich sicher: Eine neue Liebe wird sie nie suchen müssen!

Ende

# Extra hot hot

Marlene brauchte Annas Beistand, das war klar. Mister Kiss hatte noch immer keine Ahnung, dass sie die Sunflower war, mit der er so intensiv gechattet hatte. Marlene hatte eigentlich auch nicht vor, es ihm zu sagen. Erst wollte sie aus sicherer Entfernung beobachten, wie er sich verhielt. Was er für ein Typ war. Und vor allem: ob er bei Mandy anbiss oder ob die dumme Tussi ihn kalt ließ, wenn er herausfand, dass sie ihm gar nicht bei Neue Liebe geschrieben hatte.

Als Anna bei ihr klingelte, kippte Marlene fast aus ihren nigelnagelneuen Ballerinas. Anna trug ein enges schwarzes Schlauchkleid und hatte sich die Lippen knallrot geschminkt.

„Wow!", platzte Marlene heraus. „Die Jungs werden sich reihenweise in dich verlieben!" Das sagte sie nicht nur so, davon war sie felsenfest überzeugt.
Anna machte einen Knicks. „Danke!", sagte sie bescheiden.
Marlene handelte bei ihren Eltern eine halbe Stunde mehr heraus. Weil es jetzt im Hochsommer so lange hell war, musste sie erst um halb elf zu Hause sein. Als Dank gab es für Mama und Papa einen Kuss auf die Wange.
Auf der Straße pfiffen zwei Jungs aus dem Viertel hinter den beiden Mädchen her. Marlene und Anna hakten sich nur unter und kicherten. Es gab einen großen Unterschied zwischen einem Kompliment-Pfeifen und einem Billige-Anmache-Pfeifen. Die Jungs hatten den richtigen Ton getroffen.
Anna und Marlene liefen in der Abendhitze durch die Stadt. Überall in den Cafés und Biergärten saßen Menschen. Es wurde gelacht und geredet, geflirtet und diskutiert. Alle wirkten fröhlich. Die Sonne machte eben fast jeden glücklich.
Als die beiden am Krokodil vorbeigingen, rief jemand nach ihnen. „Marlene?!"
Aus dem Biergarten des Cafés winkten ihnen Lando und Yannick zu. Sie waren nicht auf der gleichen Schule, Marlene kannte sie vom Basketball. Die beiden waren genauso alt wie sie und spielten in der Jungenmannschaft, die nach den Mädchen trainierte.
Marlene winkte kurz zurück. Doch bevor sie weitergehen konnte, zupfte Anna sie am T-Shirt. „Hey, wir sind jung, frei

und Single – wir können die Jungs nicht einfach alleine da sitzen lassen."

Marlene sah ihre beste Freundin an. „Welcher?"

Anna tat empört. „Warum glaubst du, dass ich auf einen von denen stehe? Ich dachte nur ..."

Marlene stemmte die Hände in die Hüfte. „Welcher?", wiederholte sie.

Anna lachte. „Der mit den roten Haaren."

Marlene nickte. „Das ist Lando, der ist echt nett. Ich würde mich aber trotzdem eher für Yannick entscheiden."

Anna hielt ihr die Hand zum Abklatschen hin. „Na dann ..."

Marlene zögerte. Eigentlich wollten sie doch zur Party! Anna jedoch war schon fast am Tisch der Jungs. Also musste sie hinterher.

„Hi!", grüßte Marlene. „Wir sind auf dem Weg zu einer Party, aber eine halbe Stunde haben wir."

Lando sprang auf und zog den Stuhl neben sich zurück. „Bitte sehr, die Dame!", sagte er lächelnd. „Ich bin Lando, und du?"

Anna setzte sich. „Mein Name ist von vorne und hinten gelesen gleich."

Yannick lachte. „Also schon mal nicht Destiny-Rainbow!"

Und so lustig ging es weiter. Die beiden Jungen hatten den ganzen Nachmittag beim Entrümpeln eines Abbruchhauses geholfen. Nun tat ihnen jeder Knochen im Leib weh und die Geldbörsen drückten, weil jeder glatte fünfzig Euro verdient hatte.

„Limo?“, fragte Yannick, als die Kellnerin in die Nähe kam.
„Lieber Eistee“, schlug Anna vor.
Yannick lachte, Lando verzog das Gesicht.
„Wir haben gewettet“, erklärte Lando. „Die hausgemachte Limonade hätte Yannick bezahlt, für den Eistee bin ich zuständig.“

„Dann nehme ich die Limo“, platzte Marlene dazwischen. „Sonst kriegt ihr noch Streit.“
Yannick bestellte sogar noch Tacos mit Extra-hothot-Salsa-Soße. Die Jungs rissen einen Witz nach dem anderen. Marlene war einfach glücklich. Der ganze Ballast der Woche fiel von ihr ab wie welkes Laub von einem Herbstbaum. Als es auf neun Uhr zuging, fasste sie einen Entschluss.
„Kommt doch mit auf die Party“, schlug sie vor. „Das wird bestimmt ein Riesending. Jonas hat sicher nichts dagegen, wenn noch ein paar Leute mitkommen.“
Lando und Yannick mussten nicht lange nachdenken. Lando hakte Anna ein, Yannick Marlene. Die Mädchen zwinkerten sich zu. Ihnen ging es verdammt gut in diesem Augenblick!
Auf der Party wurde das nicht viel anders. Die Jungs und Mädchen aus ihrer Schule begrüßten Anna und Marlene überschwänglich. Von Yannick und Lando waren alle begeistert. Auch Jonas, coole Jungs konnte man seiner Meinung nach nicht genug kennen. Und durch ihr spätes Auftauchen

hatten sie zum Glück einen kleinen Skandal verpasst. Mandy war eng umschlungen mit Mister Kiss zur Party erschienen. Tim war ausgetickt und hatte zwei Teller zerdeppert. Jonas hatte ihn schon rauswerfen wollen, zumal er die beiden gar nicht eingeladen hatte. Aber Samir versprach, auf Tim aufzupassen.

Mandy schien die Aufregung um ihre Person zu genießen. Gerade legten sie und Mister Kiss einen heißen Tanz aufs Parkett. Tim hockte wie ein ausgesetzter Hund bedröppelt in einem Liegestuhl. Zwei Jungs aus der Neunten boten ihm Bier an. Sie hatten eine Kiste über den Zaun geschmuggelt, denn die Eltern von Jonas hatten Alkohol strengstens verboten.

„Spül deinen Frust runter!", sagte einer von ihnen und drückte Jonas eine Flasche in die Hand.

„Genau!", meinte der andere. „Sauf dich zu! Alkohol lässt dich nie im Stich, nur die doofen Tussis!"

Tim starrte auf die Bierflasche. Dann stellte er sie auf den Rasen. „Nee, damit löst man keine Probleme", sagte er klar und deutlich. „Das macht nur neue."

Er stand auf und ging zum Büfett. Marlene sah, wie er sich den Teller in Gedanken versunken immer voller schaufelte. Nudelsalat, Krautsalat, Kartoffelsalat. Danach stocherte er lustlos in dem Essen herum. Tim konnte den Blick nicht von Mandy lassen, aber es wirkte nicht so, als ob er ihr nachtrauerte. Eher so, als fragte er sich, warum er auch nur eine einzige Sekunde mit ihr zusammen gewesen war.

Marlene geht zu Tim. Sie muss eine Menge mit ihm besprechen. Schließlich können sie sich nicht ewig aus dem Weg gehen. Wenn du das auch so machen würdest, lies weiter auf Seite 139.

Tim ist für Marlene Vergangenheit. Außerdem ist sie ein bisschen in Yannick verknallt. Also fordert sie ihn zum Tanzen auf. Wenn du wissen möchtest, wie es weitergeht, lies weiter auf Seite 146.

# Welcher Internettyp bist du?

1. *Wie viel Zeit verbringst du jeden Tag im Internet?*

☐ Vielleicht ein oder zwei Stunden. Meistens nach der Schule und abends.

@ ☐ Immer wenn ich kurz Zeit habe, schaue ich, was es Neues gibt.

☐ Ich bin eigentlich ständig online. Manchmal kann ich es mir sogar im Unterricht nicht verkneifen.

2. *Hast du schon mal über eine Internetplattform nach deinem Traumtyp gesucht?*

☐ Klar, das mache ich ständig.

@ ☐ Ja, schon das eine oder andere Mal.

☐ Nein, noch nie.

3. *Wie wichtig ist dir dein Profil bei Facebook oder anderen Plattformen?*

☐ Ich aktualisiere mehrmals täglich meinen Status und mein Profilbild.

@ ☐ Ab und zu poste ich etwas und lasse die Welt an meinem Leben teilhaben.

☐ Ich update meine Profile nur selten. Schließlich möchte ich auch noch etwas Privatsphäre haben.

4. *Welche Apps benutzt du am meisten?*

@ ☐ WhatsApp, Facebook Messenger und andere Nachrichten-Apps

☐ Instagram, Snapchat und Dating-Apps

☐ Candy Crush, Quizduell und andere Spiele-Apps

5. *Wofür benutzt du dein Profil hauptsächlich?*

☐ Ich schaue regelmäßig nach, ob es etwas Neues gibt. Ich will nichts verpassen.

☐ Ich klicke mich meistens durch die Profile von anderen. Wenn mir jemand gefällt, schreibe ich ihn an.

@ ☐ Videos, Status-Updates, lustige Bilder – ich teile gern Dinge mit meinen Freunden und chatte mit ihnen.

6. *Ein netter Typ hat dich angeschrieben und bittet dich um ein Foto. Was tust du?*

☐ Ich schicke ihm natürlich gleich ein schönes Selfie.

@ ☐ Ich frage ihn, ob er mir zuerst ein Foto von sich senden kann.

☐ Ich verschicke grundsätzlich keine Fotos an Typen, die ich nicht kenne.

7. *Bist du im Internet immer ehrlich?*

☐ Natürlich. Lügen kommen sowieso immer heraus.

@ ☐ Manchmal schummele ich ein bisschen und sage zum Beispiel, dass ich älter bin als in Wirklichkeit.

☐ Ich gebe mich oft als andere Personen aus, das macht doch Spaß!

8. *Glaubst du, dass man online die große Liebe finden kann?*

☐ Klar, das ist überall möglich.

☐ Ich bin da eher skeptisch.

@ ☐ Vielleicht, man weiß ja nie.

9. *Würdest du einem Treffen mit deinem Internetflirt zustimmen?*

☐ Wieso nicht?!

@ ☐ Ja, aber ich würde eine Freundin mitnehmen.

☐ Auf gar keinen Fall. Wer weiß, wer sich hinter dem Profil verbirgt!

10. *Dir wird ein Luxusurlaub auf einer einsamen Insel angeboten. Einzige Bedingung: Dein Handy muss zu Hause bleiben. Kannst du dir das vorstellen?*

☐ Logo. Ein paar Tage offline werden mir schon nicht schaden.

☐ Auf gar keinen Fall. Ich würde nicht mal den ersten Tag ohne mein Handy überleben!

@ ☐ Kommt drauf an, wie lang der Urlaub geht. Alles unter einer Woche wäre kein Problem.

*Ich habe*

4 mal @

0 mal

6 mal

**Auswertung:**

*Hauptsächlich :*

Ohne Internet könntest du nicht leben. Du hältst deine Profile immer aktuell und erwartest dasselbe auch von deinen Freunden. Das Internet ist für dich der perfekte Ort, um neue Leute kennenzulernen. Deshalb nutzt du jede Gelegenheit, um süße Typen anzuschreiben. Wer weiß: Vielleicht antwortet dir irgendwann dein Traumtyp! Doch Vorsicht: Nicht jeder sagt im Internet die Wahrheit!

*Hauptsächlich @:*

Es ist dir wichtig, deine Profile regelmäßig mit Fotos und Statusmeldungen zu aktualisieren. Außerdem chattest du viel mit deinen Freunden. Gegen einen Online-Flirt hast du nichts einzuwenden, doch du weißt, dass nicht jeder im Internet ehrlich ist. Was deine Profile betrifft, bist du im Zweifelsfall der Meinung: Echte Freunde sind wichtiger als Follower!

*Hauptsächlich :*

Du hast zwar ein Facebookprofil, aber das brauchst du eigentlich nur, um alle wichtigen Neuigkeiten mitzubekommen. Viel lieber benutzt du dein Handy, um ab und zu ein Spiel zu zocken. Ansonsten ziehst du das reale Leben dem Internet vor. Du findest, dass man so nach wie vor am besten Leute kennenlernen kann!